Das Wolfskind auf der Flucht

Ursula Dorn

Das Wolfskind
auf der Flucht

Biographischer Roman

Kommentiert von PD Dr. Winfrid Halder

edition
riedenburg

Bibliografische Information der Deutschen Nationalbibliothek:
Die Deutsche Nationalbibliothek verzeichnet diese Publikation in der
Deutschen Nationalbibliografie; detaillierte bibliografische Daten sind im
Internet über http://dnb.d-nb.de abrufbar.

Danksagung

Autorin, Verlag und Lektorat danken Herrn PD Dr. Winfrid Halder für seinen umfassenden und vielschichtigen Kommentar.

In memoriam Prof. Dr. Horst-Peter Hesse, der den Erstkontakt zur Autorin ermöglicht hat.

1. Auflage	August 2010
© 2010	edition riedenburg
Verlagsanschrift	Anton-Hochmuth-Straße 8, 5020 Salzburg, Österreich
Internet	www.editionriedenburg.at
E-Mail	verlag@editionriedenburg.at
Lektorat	Dr. Heike Wolter, Obertraubling
Satz und Layout	edition riedenburg
Herstellung	Books on Demand GmbH, Norderstedt

ISBN 978-3-902647-30-6

Für meinen Sohn Klaus
und meine Enkelin Janina

Inhalt

Ein ganz normales (Flüchtlings-)Leben oder
Vom pädagogischen Wert des Unspektakulären

Das Wolfskind aus Königsberg:
Was bisher geschah

Ursula, genannt Ulla, stammt aus Königsberg. Aufgewachsen ist sie in einer einfachen Familie. Der Vater ist Soldat und bleibt im Krieg vermisst. Die Mutter, die sich hartnäckig weigert, die Stadt zu verlassen, hat fünf kleine Kinder zu ernähren. Ulla wird 1935 geboren. Ihre Kindheit ist durch die Kriegswirren in Königsberg geprägt. Mit der Einnahme der Stadt durch die Rote Armee beginnen ihre Erinnerungen im ersten Teil ihrer Biografie „Ich war ein Wolfskind aus Königsberg" (edition riedenburg, ISBN 978-3902647092).

Sie erzählt mit erschütternden Worten von den alltäglichen Massenvergewaltigungen und den Hungermärschen der aus der Stadt heraus und wieder zurück Getriebenen. Als sie begreift, dass ihr in Königsberg im Winter 1945/46 unweigerlich der Hungertod droht, treibt sie ihr Überlebenswille dazu, sich von Mutter und Geschwistern loszusagen und als blinder Passagier auf einem russischen Eisenbahnzug bis nach Kaunas in Litauen zu fahren.

Glückliche Umstände – ein russischer Soldat, der das elende Kind, allen Vorschriften zum Trotz, in den Waggon herein- und wieder hinauslässt, sowie die litauischen Familien, die ihr helfen – lassen Ulla überleben. Nach wenigen Wochen kehrt sie, inzwischen wieder etwas gestärkt, nach Königsberg zurück.

Die Lage ihrer Mutter und der Geschwister hat sich inzwischen dramatisch verschlechtert. Die Elfjährige bringt ihre Mutter dazu, die drei Geschwister in der Obhut einer Nachbarin zurückzulassen und mit ihr gemeinsam erneut nach Kaunas zu fahren. Doch die Rückfahrt wird unmöglich, da der gesamte Bahnverkehr streng von den Sowjets überwacht wird.

Zwei lange Jahre ziehen Mutter und Tochter als Bettlerinnen und Diebinnen kreuz und quer durch Litauen. Zwar könnte Ulla dauerhaft bei einer litauischen Familie unterkommen, aber ohne die Mutter. Beide geraten zwischen die Fronten der verschiedenen Interessengruppen in Litauen, ständig in der Angst, aufgegriffen und nach Sibirien deportiert zu werden. Als sie schließlich die Nachricht erreicht, dass die in Königsberg zurückgelassenen Kinder und die Nachbarin verhungert sind, bricht die Mutter seelisch zusammen.

Über Irrwege gelangen beide, verstört und aller Lebenskraft beraubt, 1948 doch noch nach Deutschland. In Weißbach, Thüringen, gewährt man ihnen Unterschlupf und, nach den Schwierigkeiten der Anfangszeit, eine sichere Bleibe. Selbst den Bruder Herbert finden sie, einem Wunder gleich, wieder. Doch dieser, mittlerweile bei Onkel und Tante wohnend, weigert sich, mit Mutter und Schwester in der DDR zu leben. Zu tief ist sein Misstrauen gegen den Staat, über den nun die Sowjetunion wacht. Wieder sind Mutter und Tochter auf sich gestellt.

Das Wolfskind auf der Flucht

Biographischer Roman von Ursula Dorn

Zu alt für die Schule

Nun traute ich mich überhaupt nicht mehr auf die Straße. Was sollte ich denn antworten, wenn mich die Leute nach Herbert fragen würden? Es war die Hölle für mich, jetzt in die Schule zu gehen und zu sagen, dass mein Bruder nicht mit nach Hause wollte. Ich suchte Trost bei meiner Freundin Inge und ihrer Mutter. Sie gaben mir viel Halt in dieser schweren Zeit.

Meine Mutter war, glaube ich, seelisch krank und wirkte immer verschlossener. Ich sagte: „Mutti, ich bin auch seelisch kaputt und muss trotzdem in die Schule gehen, um noch was zu lernen. Such dir eine Arbeit, damit du auf andere Gedanken kommst." Wir machten uns öfter gegenseitig Vorwürfe, und es war für mich sehr schwer, das alles zu verkraften.

Ich ging in meiner Not zu Frau Bachmann, einer Bekannten, und sagte zu ihr, sie solle doch mal ernsthaft mit meiner Mutter sprechen. Die müsste doch mal daran denken, dass ich mit 14 Jahren noch fast ein Kind sei und nicht nur allein bei den Bauern arbeiten könnte, um ein bisschen Essen zu bekommen. Ich hielte das alles auf die Dauer nicht mehr aus. Da sagte Frau Bachmann zu mir: „Ulla, ich habe es deiner Mutter schon so oft gesagt, aber sie geht überhaupt nicht darauf ein. Ich habe drei Kinder, die ich ernähren muss. Es fragt auch keiner, wo ich es herhole. Sie könnte schon arbeiten, aber der Wille fehlt ihr einfach. Du musst stark sein im Leben, sonst gehst du mit deiner Mutter keiner guten Zukunft entgegen." Diese Worte habe ich mir gemerkt und später auch befolgt.

Nun dachte ich oft über mich nach, und wie es wohl mit der Schule wird. Ich wollte mich anstrengen, damit ich ein gutes Zeugnis zur Schulentlassung bekommen würde, denn der Schulrektor Herr Huke hatte zu mir gesagt: „Ulla, du wirst dieses Jahr aus der Schule entlassen, weil du ja 14 Jahre alt bist. Wir können es nicht weiter dulden, dass du die Grundschule besuchst."

Ich konnte es nicht begreifen. Ich war doch gerade ein paar Monate in die Schule gegangen, und nun war schon wieder alles vorbei. Ich ging zum Bürgermeister Herrn Henkel, erzählte ihm die ganze Sache, und er sagte: „Ulla, du bist zu alt für die Schule und musst eine Berufslehre anfangen." Erstmal war ich baff, dann sagte ich: „Das geht doch überhaupt nicht, Herr Henkel. Ich habe doch keine achte Klasse gehabt. Das schaffe ich doch nicht mit dem Abschluss der fünften Klasse." „Du wirst es schaffen müssen, wie so vieles, was du schon geschafft hast in deinem jungen Leben. Wenn ich dich jetzt fragen würde, was du denn gerne als Beruf lernen möchtest, was antwortest du mir?" Spontan sagte ich: „Herr Henkel, Schneiderin würde ich gerne werden wollen." „Na, mal sehen, was sich da machen lässt." Dann schickte er mich nach Hause.

Nach ein paar Tagen kam seine Tochter Rita zu mir, ich sollte doch mal zu ihrem Vater kommen. Er sagte zu mir: „Ulla, mit dem Schneiderberuf, da wird nichts draus. Da ist keine Lehrstelle frei, aber wie wäre es mit einer Lehre als Knopfmacherin in Schmölln bei der ehemaligen Firma Strauss, so hieß die Firma vor dem Krieg?" Ich war ganz glücklich darüber, dass Herr Henkel sich für mich so umgehört hatte, sagte zu, ohne dass ich mich mit meiner Mutter darüber unterhalten hatte, und bedankte mich bei ihm.

Der Beruf des Knopfmachers war zwar selten, aber interessant. Als Knopfmacherin sollte ich vor allem lernen, Knöpfe herzustellen, aber auch zu veredeln. Dafür lernte ich die verschiedenen Materialien kennen und die Maschinen, mit denen sie bearbeitet wurden. Mein wichtigstes Instrument war die Schiebelehre, mit der ich die Knöpfe vermaß. Außerdem lernte ich viel über die Verpackung der Knöpfe. Das geschah nach dem Wiegen im Endlager, wo die Knöpfe in Dutzend, Schock oder Gros – 12, 60 oder 144 Stück – abgemessen wurden. Diese Berufsausbildung war in Schmölln ganz neu und ich sollte zu den Ersten gehören, die sie anfingen. Am Ende würde ich eine Facharbeiterin sein.

Zu Hause erzählte ich die Neuigkeit. Meine Mutter war damit einverstanden. Nun konnte ich mich darauf einstellen, bald aus der Schule zu kommen, wo ich geglaubt hatte, für längere Zeit dort bleiben zu dürfen, um noch was hinzuzulernen, was mir in all den Jahren davor versagt geblieben war. Aber ich musste mich damit abfinden. Es war nicht mehr zu ändern.

Bei der Margitta Gabler, einer Schulkameradin, bekam ich immer noch jede Woche einmal Rechenunterricht, das machte mir Freude. Zum Spielen im Dorf war so gut wie keine Zeit übrig und eigentlich hatte ich dazu auch keine Lust. Ich glaube, es lag daran, dass ich schon viel erwachsener war als meine Mitschüler. Ich musste ja auch noch fürs Essen sorgen. Damit hatte keiner der Mitschüler was zu tun, denn die Eltern hatten fast alle einen Bauernhof und wenn es auch manchmal nur ein kleiner war. Auf jeden Fall waren sie meist Selbstversorger. Meine Mutter sagte zu mir: „Ulla, ich werde es noch mal versuchen, Onkel Alwin einen Brief zu schicken.

Vielleicht überlegt es sich der Herbert doch noch und entscheidet sich, hier zu uns herzukommen." Auch ich hatte noch ein wenig Hoffnung. Nach 14 Tagen kam die Antwort und Herbert sagte ab. Er kam in ein Lungensanatorium, um seine Tuberkulose auszuheilen. Onkel Alwin hatte uns geschrieben, er würde immer für Herbert da sein und wir sollten uns keine Sorgen machen.

Gute und schlechte Nachrichten

Als Mutter in Berlin war, um ihren Sohn Herbert zu holen, hatte Onkel Alwin ihr seine Geschichte von Königsberg erzählt: Er wurde von den Russen nach Sibirien verschleppt. Ohne seine Frau, Tante Herta. Er wusste nicht, wo seine Frau geblieben war und glaubte, sie wäre in Königsberg verhungert oder sonstwie umgekommen, denn seine einzige Tochter Doris war erst in letzter Minute vor dem Russeneinmarsch mit ihrem Verlobten Marcel Forell, einem französischen Kriegsgefangenen aus Paris, in Richtung Polen geflohen. Sie wollten weiter nach Frankreich. Ob sie es geschafft hatten, wusste keiner. Marcel hatte dem Onkel Alwin vorher noch seine Heimatanschrift hinterlassen und gesagt: „Egal, was passiert, wenn der Krieg aus ist, schreibe diese Anschrift an und frage, ob wir dort angekommen sind."

Onkel Alwin hatte sich die Anschrift auf einem Zettelchen notiert und es auf seinen Kopf, in winzige Folie gefaltet, geklebt. Da er einen ganz dunklen, lockigen Haarschopf hatte, lag der Zettel gut versteckt da drauf.

Sicher hätte er gelitten, wenn dieses Papier entdeckt worden wäre.

Das Schicksal nahm in Sibirien seinen Lauf. Onkel Alwin wurde von einem Arbeitslager in ein anderes verlegt und einige Zeit später begegnete er seiner eigenen Frau in diesem Lager wieder. So waren sie in Sibirien gelandet, ohne es voneinander zu wissen. Beide kamen später nach Berlin. Die Doris und der Marcel sind auch bis Paris durchgekommen und haben dort geheiratet.

Nach dieser guten Mitteilung von Alwin suchten Mutter und ich nach weiteren Verwandten. Ob noch welche lebten, wussten wir nicht. Dann aber schrieb uns Onkel Alwin, er hätte gehört, dass die Schwester von Mutter und ihm, die Tante Agnes, mit ihrer Tochter Karin in Bielefeld wohnen würde. Er hatte es von einem Bekannten erfahren. Einige Zeit später erhielten wir die Anschrift von ihr. Es stimmte, sie war es wirklich! Die Freude bei uns war riesig, und wir haben dann auch gleich einen Brief an sie geschickt. Mutter konnte es kaum glauben, dass sie noch lebten. Es dauerte nicht lange und dann kam Post von ihr. Sie hatten geglaubt, wir wären in Königsberg gestorben. Wir schrieben, was wir erlebt hatten. Die konnten gar nicht glauben, dass so viele aus unserer Verwandtschaft verhungert waren. Es brach für sie eine Welt zusammen. Sie wussten ja von alledem überhaupt nichts. Dann haben wir ihr schreiben müssen, dass ihr Mann von den Russen in Königsberg erschlagen worden war. Sie war ganz ahnungslos und hatte ihn als vermisst gemeldet. Dies alles haben wir unserer Tante Agnes im Brief mitgeteilt, und die wurde darüber krank und konnte es nicht fassen. Wir wären ja gerne zu ihr hingefahren und hätten mal alles erzählt, aber das ging ja nicht, weil wir in der Ostzone wohnten und nicht das Geld dafür hatten, im Westen meine Tante zu besuchen. So blieb uns nur das Briefeschreiben.

Ein starker Wille

Ein paar Wochen später kam der Rektor Huke zu mir und meinte: „Ulla, jetzt kommt bald die Schulentlassung für dich. Du musst dich nach einer Lehrstelle umhören." „Herr Huke", sagte ich, „der Herr Henkel hat schon mit mir darüber gesprochen und wollte mit mir zum VEB Knopffabrik Strauss hingehen, wenn ich es möchte." Er war darüber erfreut und antwortete: „Du wirst es schon alles schaffen."

Nun begann also schon wieder ein neuer Lebensabschnitt für mich. Es kam in mir eine große Angst auf, wie es wohl alles weitergehen würde. Wir sprachen auch in der Schule davon und der Lehrer König sprach mir großen Mut zu.

Einige Tage später musste ich wieder zu Herrn Henkel hinkommen. Er teilte mir einen Termin für die Vorstellung in der Knopffabrik mit und ich ging dann dorthin. Der Personalchef war sehr nett zu mir. Ich schilderte meine Vergangenheit, und er konnte es nicht fassen, dass ein Kind das alles erlebt hatte. Als dann das Gespräch zu Ende war, sagte er: „Wenn die Schule beendet ist, kommst du wieder zu mir, und wir machen einen Lehrvertrag." Glücklich ging ich nach Weißbach zu meiner Mutter und erzählte alles, was wir besprochen hatten. Auch sie war froh darüber. Ich bin dann zu Herrn Henkel hingegangen, habe die freudige Nachricht erzählt und mich für seine Hilfe bedankt.

Nun kam mir auf einmal der Gedanke: Die Schule ist vorbei! Ich bin plötzlich erwachsen und muss Geld verdienen! Es war alles kaum zu verarbeiten, zu viel war auf mich eingebrochen. Kaum war ich aus Litauen rausgekommen, war ich nun wieder auf mich allein gestellt. Ich dachte ständig daran, ob ich es wohl schaffen werde! Mein Wille war sehr stark. Meine Mutter gab mir darin keinen großen Beistand. Es war wohl für sie ganz normal, dass es für mich so ablief.

Nur Zoselsuppe

Um unseren Tagesbedarf an Essbarem zu decken, musste ich nach Schulschluss fast jeden Tag aufs Feld oder Kühe hüten. Es war ganz schön mager bei uns. Ich wusste manchmal nicht, was ich in die Schule als Pausenbrot mitnehmen sollte, geschweige denn, dass ich was aufs Brot hätte drauflegen können. Wenn überhaupt ein Pausenbrot, dann mit einfachem Getreidekaffee getränkt, ein paar Krümelchen Salz oder Zucker drauf, das war schon der pure Luxus für mich. Ich konnte mich mit den Bauernkindern nicht messen. Die hatten alles. Da fehlte es an nichts.

Wie sollte das bloß werden, wenn ich demnächst morgens in die Lehre gehen und den ganzen Tag arbeiten müsste ohne ein richtiges Essen? Es ginge ja dann auch nicht mehr, dass ich bei Hofers oder einem anderen Bauern helfen könnte, um etwas zu kriegen. Das Wenige, was wir auf Marken bekamen, langte überhaupt nicht. Meine Mutter müsste sich eine Arbeit suchen, damit wir überleben könnten. Dieses Thema sprach ich nun öfters an, aber Mutter ging mir stets aus dem Weg. Wir beide stritten uns oft. Mich zog es daher oft zu meiner Freundin Inge. Der erzählte ich dann, was bei uns los war, aber helfen konnte sie mir auch nicht. Trotzdem war ich froh, in die Lehre zu kommen, um ein anderes Umfeld zu haben. Auch Frau Bachmann sprach meine Mutter an und sagte: „Asta, du musst dir eine

Arbeit in Schmölln suchen, damit ihr beide etwas Geld zusammenbekommt." Das war aber nichts für meine Mutter.

Ich dachte mir, dass es ja irgendwie weitergehen müsse und ging eines Tages nach der Schule ins Nachbardorf Vollmershain. Da gab es noch viele Bauern. Ich fasste den Entschluss, mir etwas zusammenzubetteln. Von einigen Bauern bekam ich ein paar Kartoffeln und war ganz froh darüber, meine Betteltasche fast voll zu haben. Auch ein bisschen Mehl hatte mir eine Bäuerin gegeben. Dann aber kam ich auf einen Hof, wo ich ebenfalls ein paar Kartoffeln erbetteln wollte. Ich war gerade durch die Eingangspforte durchgegangen, da trat mir vermutlich der Bauer selber entgegen. Er beschimpfte mich wütend und jagte mich vom Hof. Ich war sehr verängstigt, rannte weg und dachte: „So ein grausamer Mensch. Der hat alles und ich nichts." Ich drehte mich spontan um, suchte nach einem Stein und warf ihn voll Trauer in meiner Seele auf den Hof zurück.

Ich bin dann weinend über die nahe bei Weißbach gelegene Autobahn nach Hause gelaufen. Dort erzählte ich alles meiner Mutter. Die konnte nicht glauben, dass es solche Menschen gab. Wir aber hatten wenigstens für ein paar Tage Kartoffeln und machten uns daraus die Zoselsuppe. Sie wurde aus roh geriebenen Kartoffeln mit Wasser gekocht und schmeckte nach gar nichts. Aber wir waren froh, dass es sie gab. Ich habe mir manchmal ein bisschen bei Hofers verdiente Milch reingegossen. Dann hatte die Suppe wenigstens nicht mehr diese unansehnliche graue Farbe.

Bei den Weißbacher Bauern aber gab es alles in Hülle und Fülle. Doch sie teilten nicht. Da wurden die Schweine wie eh und je geschlachtet – nur heimlich. Eigentlich durften sie es nicht, aber da wurden viele Vorschriften umgangen.

Mein erstes Zeugnis

Nun kam für mich die Zeit der Schulentlassung immer näher und ich fürchtete mich davor. Ich bin dann zu Herrn Huke, unserem Schulrektor, und habe ihm meine Bedenken mitgeteilt. Er sprach mir Mut zu und sagte: „Ulla, es wird schon alles seinen Lauf nehmen. Nur immer gut aufpassen, was in der Berufsschule alles gelehrt wird und in der Firma ebenfalls, dann klappt es auch." Diese Aussprache hat mir sehr geholfen.

Dann suchte ich meine Papiere zusammen, damit ich in der Firma meinen Lehrvertrag machen konnte. Ich bin hingegangen, um alles zu erledigen, da wurde ich gleich durch die ganze Firma geführt, auch in die Lehrwerkstatt. Ich sah, dass die Knöpfe aus Kunststoff, Holz, Horn oder Metall waren. Als Knopfmacherin würde ich entweder mit einer Drechselmaschine arbeiten oder auch von Hand Knöpfe feilen, raspeln, bohren und fräsen. Die beiden Ausbilder zeigten mir auch, wie Knöpfe veredelt wurden, indem wir sie lackierten oder mit Stoffen überzogen. Für ganz besondere Knopfmodelle wurden sogar Verzierungen gefräst.

In der Lehrwerkstatt begrüßten mich der Obermeister, Herr Schilling, und der Lehrausbilder, Herr Sebastian. Sie waren ganz freundlich zu mir und fragten, wann ich denn anfangen wollte. Es war Mitte Juni und die Schulentlassung sollte im Juli sein. Also Juli. Wir verabschiedeten uns, und Herr Sebastian sagte: „Auf gute Zusammenarbeit!"

Glücklich ging ich nach Weißbach zurück und gleich zu Inge. Ich erzählte ihr von der Zusage und sie freute sich auch darüber. Zu Hause bei meiner Mutter kam ich mir so richtig erwachsen vor. Ich war demnächst diejenige, die etwas Geld verdienen sollte?! Ich konnte es gar nicht begreifen. Immer wieder dachte ich daran, wie es sein würde, mein eigenes Geld in der Hand zu haben.

Die Zeit verging nun schnell und es kam der Tag der Schulentlassung. Es war der 24. Juli 1949, für mich ein schwerer Tag. Ich war sehr gerne in die kleine Dorfschule gegangen. Die Lehrer waren nett zu mir gewesen. Der Herr Huke hatte mir geholfen und Herr König hatte immer viel Verständnis für mich, wo ich doch von einem Nichts angefangen hatte. Ich bekam zum Abschied mein erstes Zeugnis im Leben und war ein wenig stolz darauf. In der Klasse wurde noch eine kleine Feier abgehalten, dann gingen wir alle heim. Ich schaute immer wieder auf mein Zeugnis und freute mich darüber. Mein großer Einsatz für das Lernen hatte sich gelohnt. Meine Mutter war ganz erstaunt. Ich schrieb es gleich meiner Tante Agnes nach Bielefeld und die schickte mir ein großes Paket aus der Westzone, wie es im Volksmund hieß.

Der Postbote kam zu uns und übergab mir einen Zettel. Ich möchte doch nach Schmölln zum Postamt hinfahren. Da liege postlagernd ein Paket für mich. Überglücklich ging ich noch am gleichen Tag dorthin und musste über zwei Stunden warten, weil gerade keine Öffnungszeit war. Ich lief durch die Stadt und die Zeit wollte nicht vergehen, so aufgeregt war ich. Ich fragte mich immer wieder, was da wohl im Paket drin sein würde. Es war das allererste Mal im Leben, dass ich von irgendjemandem ein Paket erhalten würde. Dann aber konnte ich es in Empfang nehmen. Es war nur spärlich eingepackt. Zu Hause packten wir es rasch aus. Es waren Puddingpulvertüten drin, Schokoladengeschmack und Vanille. Dann gab es noch zwei Tafeln Schokolade, zwei Stückchen Seife, die ganz toll roch, ein paar Bonbons, eine Bluse und ein rotes Kleid, das sich anfühlte wie Seide. Ich war so glücklich über das schöne Kleid, probierte es gleich an und es passte wie angegossen. Die Bluse in dunkelblau bekam meine Mutter.

Gleich setzte ich mich an den Tisch und schrieb Tante Agnes einen Dankesbrief. Die Freude über die Sachen war so groß, dass ich noch mal nach Schmölln zur Post lief, um den Brief einzuwerfen. Als ich dann wieder in Weißbach ankam, war es schon spät am Abend, und ich war so kaputt, dass ich im Bett neben meiner Mutter sofort einschlief.

Am nächsten Tag hütete ich bei Hofers die Kühe, um einen Liter Milch zu verdienen. Damit konnten wir uns dann einen guten Schokoladenpudding kochen. Meine Mutter brachte Frau Bachmann auch zwei Puddingpäckchen für ihre Kinder. Dafür gab sie uns Zucker zum Süßen. Auch später kamen noch manchmal Pakete von Tante Agnes. Sie waren immer geöffnet und die Tüten fast alle kaputt. Darüber waren wir traurig und auch verärgert, denn wir konnten nur noch wenige Tüten Pudding gebrauchen. Einige haben wir in Weißbach gegen Brotmarken, Zucker und Fett getauscht. Das half uns ein bisschen weiter.

Nur nichts vergessen

Es vergingen ein paar Tage, dann bekam ich einen Brief aus der Firma, wo ich in die Lehre gehen sollte. Aufgeregt öffnete ich die Post. Es stand geschrieben, dass ich im Personalbüro erscheinen sollte. Sie wollten mit mir über einige Sachen sprechen. Ich sagte zu meiner

Mutter: „Da muss ich gleich morgen hingehen", was ich dann auch tat. Ich hatte ein komisches Gefühl.

Im Büro saß ein Herr, der zu mir sagte: „Leider muss ich Dir mitteilen, dass wir den Lehrvertrag erst zum 1.1.1950 mit Dir machen können. In der Lehrwerkstatt sind noch einige Lehrlinge, die ein halbes Jahr länger lernen müssen wegen nicht bestandener Prüfung, und jetzt ist noch kein Platz frei."

In dem Moment war ich wie erschlagen, aber es musste weitergehen. Er versprach, dass ich im Januar anfangen könnte, und ich sollte mich schon in der Berufsschule anmelden und dort hingehen. So ging ich ganz lustlos nach Hause und meine Mutter merkte mir gleich an, was los war.

Meine Freude, Geld zu verdienen, war erstmal weg, aber ich riss mich zusammen und sagte: „Dann geh ich eben jeden Tag bei Hofers Kühe hüten oder auf dem Feld mithelfen, damit wir ein wenig Essen bekommen." Gesagt, getan. Hofers waren froh darüber, in der Sommer- und Herbstzeit jemanden zu haben, der den ganzen Tag zur Stelle war. Dafür bekam ich abends Milch, etwas Brot oder auch Gemüse und Kartoffeln. Irgendwie war es schön, wenn ich die Kühe zur Weide hintrieb und mich ins frische Gras setzte. Dann habe ich oft meine Schulbücher mitgenommen und dabei noch gelernt, damit ich nichts vergesse, was ich mir in den letzten Monaten angeeignet hatte.

Meine Freundin Inge und ich trafen uns manchmal bei ihr zu Hause, wenn ich meine Arbeit bei Hofers getan hatte. Sie ging ja noch zur Schule, und wenn sie ihre Schularbeiten machte, habe ich mitgemacht, damit ich in Übung blieb. Das kam mir alles zugute.

Ich ging auch zur Berufsschule, um mich anzumelden, kam in die Hauswirtschaftsklasse und musste jede

Woche dienstags für acht Stunden dort erscheinen bis zum Ende des Jahres. Es machte mir Spaß. Ich war die Einzige, die aus der fünften Klasse dort hinkam, aber ich habe voll mitgearbeitet. Ich habe mich in allen Fächern durchgebissen. Die Wochen gingen ganz schnell vorüber und ich freute mich auf die Lehre.

Glücklich überstanden

Wir haben uns auch manchmal am Dorfplatz mit anderen Kindern getroffen. Da hatten wir beispielsweise die Charlotte und den Manfred, die konnten wunderbar Gitarre und Akkordeon spielen. Wenn wir dann alle zusammen waren, haben wir sehr schöne Volkslieder gesungen. Das Dorfleben war eigentlich sehr schön, wenn nur für meine Mutter und mich mehr Kleidung und Essen dagewesen wäre und jeder für sich ein eigenes Bett gehabt hätte. Aber das war ein unerfüllbarer Traum.

Als nun langsam der Herbst anfing, ging die Kartoffelernte los. Ich war bei Hofers voll im Einsatz und meine Mutter ging zur Familie Wiesner. Die hatten sich ein bisschen angefreundet und nun half sie dort mit. Natürlich auch nur für Essen und sonst nichts. Aber wir waren für jede Mahlzeit, die wir bekamen, dankbar. Es war eben so: Die, die noch was hatten, und das waren in der Regel die Bauern, hatten alle Trümpfe in der Hand. In Litauen waren die Erfahrungen für uns anders. Die Leute hatten so wenig und haben uns noch was abgegeben, um uns am Leben zu erhalten. Hier in Deutschland gab es mehr Egoisten. Das haben wir wenigstens erfahren müssen.

Nach der Herbsternte hütete ich weiter die Kühe, aber es war schon sehr kalt draußen. Ich musste mich wärmer anziehen, aber ich hatte nicht viel. Es fehlte das Geld, damit ich mir einen warmen Mantel oder eine Jacke kaufen konnte. So musste ich mich mit dem begnügen, was ich von Inge oder von Sonja Hofer geschenkt bekam. „Vielleicht wird es ja mal besser, wenn ich etwas Geld verdiene", dachte ich. Mich konnte nichts erschüttern. Die Hauptsache war doch die Gesundheit, die uns bis jetzt nicht im Stich gelassen hatte, trotz der furchtbaren Strapazen, die wir hinter uns gebracht hatten.

Das Jahr ging nun seinem Ende zu und es war die Zeit der Obsternte. Der Bürgermeister Henkel traf mich im Dorf und fragte mich, ob ich Lust hätte, für ein bisschen Geld in der großen Obstplantage von Weißbach Äpfel und Birnen zu pflücken. Ich sagte zu und ging am nächsten Tag auch gleich hin. Es standen ein Handwagen und Kisten sowie Körbe für den Abtransport zur Gaststätte Hoffmann bereit. Es waren noch einige Frauen und Männer, mit Leitern ausgerüstet, erschienen. Dann machten sich alle an die Arbeit. Es machte Spaß zu sehen, wie schnell sich die Kisten mit schönen reifen Äpfeln und Birnen füllten. Es kam dann noch die Elli, das war auch ein Flüchtlingsmädchen, aus Schlesien.

Dann entschieden die Männer, dass wir das Obst in Kisten im Handwagen zu Hoffmanns bringen sollten. Wir luden alles ein und fuhren los. Auf einer kleinen Anhöhe der Dorfstraße sagte Elli: „Jetzt setze ich mich vorne in den Wagen rein und lenke mit der Deichsel den Berg runter." „Das wird doch nichts!", erwiderte ich.

„Doch Ulla, setz du dich hinten auf die Querstange und halte die Kisten von oben fest."

Naja, wir setzten den Wagen in Bewegung. Ich gab noch mit den Füßen Starthilfe und los ging es! Der Wagen bekam Tempo, und wir beide saßen ahnungslos drauf und kurz darauf, in einer kleinen Kurve, stürzten wir. Elli rief: „Ulla, halt die Kisten fest!" Aber ich lag auf der Straße neben dem Wagen und sah nur rollende Äpfel. Ich stand auf und bemerkte, dass meine rechte Wade eine klaffende Wunde hatte. Elli schrie laut: „Ulla, Ulla, lauf schnell! Du musst Hilfe haben, sonst verblutest du!"

Ich bekam eine höllische Angst und drückte die Wunde mit der rechten Hand zu. Ich lief schon los, in gebückter Stellung, denn das Blut lief wie verrückt. Elli meinte: „Ich fahr dich sofort zu deiner Mutter." Dann kam sie mit dem Wagen hinterher. Ich setzte mich rückwärts rein und hielt mich mit der linken Hand an der Querleiste fest. Plötzlich sah ich, dass da am Stecknagel ein Stück Fleisch von meiner Wade hing. Jetzt war meine Angst noch größer geworden, und ich weinte fürchterlich. Wir waren ungefähr am Haus, wo unser Schulrektor Huke wohnte. Da kam seine Tochter raus und sah das ganze Drama. Sie holte sofort ihre Mutter, die auch gleich Verbandsbinden um meine Wade legte. „Du musst sofort zum Arzt, Ulla." Wir fuhren, so schnell es ging, in Hofers Hof rein.

Elli holte meine Mutter. Die bekam erstmal einen großen Schreck, als sie mich sah, schleppte mich in unser Zimmer und legte mich ins Bett. Das war's dann. „Mutti, ich will zu einem Arzt", sagte ich. Den Landarzt aber gab es in Nöbdenitz, das war etwas näher als Schmölln. Ich lag bestimmt noch mehrere Stunden im Bett, bis Mutter sich dafür entschied, mit mir nach Nöbdenitz zu fahren. Der Verband war blutdurchtränkt und meine Mutter zerriss zwei Kopfkissenbezüge für Wickel. Die legte sie mir um die Wade. Dann aber schleppte sie mich runter zum Handwagen und wir machten uns auf den Weg nach Nöbdenitz. Als wir dort ankamen, war ich total geschwächt und hatte unheimliche Schmerzen, weil ich mit dem gesunden Bein immer den Wagen angestoßen hatte, damit meine Mutter es nicht so schwer hatte. Der Arzt war gar nicht da und wir mussten bis um acht abends warten, weil er über Land gefahren ist. So hatte ich vom Unfall her ungefähr fünf Stunden warten müssen.

Der Arzt wusch meine riesige Wunde mit Spiritus aus. Ich schrie wie ein Ochse. Das war ein furchtbarer Schmerz. Anschließend klammerte er sie – bei vollem Bewusstsein – mit fünf Klammern. Es tat alles sehr weh, aber ich habe die Zähne zusammengebissen. Wir fuhren dann, fast bei Dunkelheit, total entkräftet zurück und waren erst spät in Weißbach. Ich konnte tagelang nicht richtig aufstehen oder gar laufen, hatte große Schmerzen, und es fing an in der Wade zu klopfen. Es hatte sich auch eine Klammer gelöst, und ich bemerkte, dass sich unterhalb der Narbe ein Furunkel bildete, der immer dicker wurde und wehtat. Ich bekam wieder große Angst wegen einer Blutvergiftung. Aber am fünften Tag ging alles auf und eiterte. Das war mein großes Glück. Das hätte auch anders kommen können.

Danach hatte ich auch nicht mehr so große Schmerzen und konnte jetzt schon mal auf die Straße gehen – mit Gehhilfe natürlich. Bis Weihnachten hatte ich alles glücklich überstanden. Hofers brachten mir auch in der Krankenzeit mal etwas Milch hoch.

Weihnachten 1949

Das Weihnachtsfest war für uns am schwersten. Es gab keine Kekse, keinen Kuchen und keine Geschenke. Nur Äpfel, die schön rot waren. Die haben wir in die Ofenröhre zum Braten reingelegt und dann genüsslich gegessen. Bei Hofers gab es wieder, wie das Jahr zuvor, Gänsebraten und vieles mehr. Für uns war das alles ein Traum.

Da ich in den letzten Wochen wegen meiner Wade nirgends mehr hinkonnte, gab es kaum was zum Heizen. Ich war sonst immer auf Holzsuche gewesen und freute mich, wenn es draußen stürmisches Wetter gab. Dann flogen stets ein paar Trockenäste von den Bäumen im Wald. Mit meiner langen Holzstange mit Haken sowie einem geliehenen Handwagen zog ich dann los und holte das Wenige, das da war. Wir mussten nun nach Schmölln fahren und wieder Kohlengrus vom Kohlenhändler holen, aber den gab es auch nicht immer. Mutter fuhr mit, denn ich konnte mein Bein noch nicht so viel belasten. Einmal haben wir zwei Säcke voll bekommen. In Weißbach angekommen, luden wir sie ab und am nächsten Tag machte ich in unserer Holzform aus dem Kohlengrus Matschbriketts. Sie trockneten nur schlecht, weil es ganz schön kalt war, aber wir gaben uns damit zufrieden.

Als das Fest vorbei war, ließen wir noch unseren kleinen Tannenstrauß für Neujahr stehen. Ich hatte von Inge etwas Lametta reingehängt und einige weiße Kugeln sowie Wattebäusche. Daran erfreuten wir uns jeden Tag. Die Hauptsache war sowieso, dass wir ein Dach über dem Kopf hatten.

In der Woche vor Neujahr ging ich nach Schmölln in die Knopffabrik Strauss, um im Personalbüro meinen

Lehrvertrag zu machen. Sie hatten mich nicht vergessen. Als ich alles mit dem Betriebsleiter besprochen hatte, führte er mich noch mal in die Lehrwerkstatt, und da wurde mir erklärt, was ich nun alles zu machen hätte. Ich sollte mir einen grauen Berufskittel, Schreibmaterial und etwas Geld mitbringen, um mittags das Kantinenessen zu bezahlen. Es sollte 50 Pfennig pro Essen kosten. Das konnte ich natürlich nicht beisteuern, weil wir überhaupt kein Geld hatten.

Ich ging trotzdem fröhlich mit dem Lehrvertrag in der Tasche wieder nach Weißbach zurück und als Erstes zu unserem Bürgermeister, Herrn Henkel. Er freute sich mit mir, als er das wertvolle Stück Papier sah. Ich bedankte mich noch mal für seine Mühe und ging dann zu meiner Mutter. Sie strahlte ebenfalls angesichts des Erfolgs. Nun konnte ich mich ganz darauf einstellen. Ich war nervös. Ob ich auch alles schaffen würde? Inge freute sich und sprach mir Mut zu: „Du bist so stark, Ulla, Du wirst deinen Weg gehen!"

Ich feierte das Ende des Jahres 1949 bei Inge, die Eltern hatten mich eingeladen. Dafür war ich so dankbar. Es war sehr schwer für mich, alle Erinnerungen waren plötzlich wieder da. Inge sowie ihre Schwester Susanne trösteten mich und dann habe ich auch dort geschlafen. Ich konnte sogar zum Neujahrsessen bleiben. Es gab leckeren Kaninchenbraten. Inges Familie hatte selber Kaninchen und da konnten sie ab und zu eins schlachten. Es war eben alles anders als bei uns armen Schweinen.

Meine Mutter sowie Frau Bachmann und deren Kinder waren bei Familie Wiesner eingeladen. Es wäre auch schlimm für Mutter gewesen, wenn sie alleine in unserer kleinen Kammer gesessen hätte.

Nehmt euch mal ein Beispiel!

Ich hatte einen grauen Kittel von Frau Bachmann geschenkt bekommen, die hatte drei Stück davon. Weil sie in der Schuhfabrik beschäftigt war, hatte sie sich welche für die Arbeit gekauft. Ich konnte mir keinen leisten und sie hatte deshalb Mitleid mit mir. Wir machten aus, wenn ich mal Geld verdiene, würde ich ihn bezahlen. Das wollte sie aber auf keinen Fall. „Du musst doch für deine Mutter mitarbeiten", sagte sie zu mir, „denn die will doch nicht. Das wird sowieso für dich schwer werden, Ulla!" Ich bewunderte Frau Bachmann. Sie hatte den Mut, trotz ihrer drei Kinder arbeiten zu gehen. Und meine Mutter? Das würde ich nie verstehen.

Nun aber wollte ich was lernen. Ich war ganz gespannt darauf, was mich so alles erwartet. Ich ging am 2. Januar 1950 früh um halb sechs von Weißbach los, denn um sieben begann die Arbeitszeit in der Firma, die mittlerweile VEB Papier/Chemie Knopffabrik Schmölln hieß. Ich musste jeden Tag fünf Kilometer nach Schmölln zu Fuß laufen. Das war ganz schön anstrengend für mich. Dorthin fuhr kein Bus, kaum mal ein Auto und ein Fahrrad hatte ich auch nicht.

In der Lehrwerkstatt waren die Lehrausbilder schon da und begrüßten die neuen Lehrlinge. Es waren sechs Lehrlinge, darunter drei Mädchen. Dabei erfuhr ich auch, dass ein Mädchen aus dem Nachbarort Brandruebel dabei war, die hieß Margarete. Wir beschlossen, dass wir ab jetzt immer zusammen nach Hause gehen wollten. Wir hatten zum Teil eine gemeinsame Wegstrecke. Der Tag verging schnell. Uns wurde erstmal alles Wichtige erklärt und jeder bekam seinen eigenen Betriebsschrank, wo wir alles von uns unterbringen konnten. Die Lehrlinge, die schon bald ausgelernt hatten, haben uns beäugt und mit uns Kontakt aufgenommen. Wir fanden sie alle ganz in Ordnung. Wir gingen dann mit unseren Lehrmeistern durch die ganze Firma und durften uns in Ruhe alles ansehen. Es hat uns allen gefallen und wir waren ganz erstaunt, was es alles für schöne Knöpfe gibt, vor allem faszinierten mich die vielen Muster und Maschinen. Wir gingen freudig nach Hause.

Die Fünf-Kilometer-Marschroute musste bei Wind und Wetter bewältigt werden. Es gab keine andere Wahl. In den folgenden Wochen wurde es sehr kalt und dazu schneite es so viel, dass es für mich ein Problem wurde, überhaupt noch auf der Straße langzugehen. Oft fiel ich in den Straßengraben. Ich konnte mich auch schlecht orientieren, weil es keine Straßenbeleuchtung gab. Erst vor Schmölln sah ich die ersten Lampen. Bei hohem Schnee ging ich schon um fünf früh los. Es war alles nicht einfach, denn ich hatte keine warmen Sachen, alles war nur notdürftig, Wenn ich in der Lehrwerkstatt ankam, hatte ich die nasse Kleidung am Körper. Ich zog dann nur meinen grauen Kittel darüber und die Arbeit begann. Meistens war ich sogar die Erste in der Lehrwerkstatt. Diejenigen, die den kürzesten Weg hatten, kamen als letzte, was unserem Meister, Herrn Schilling, gar nicht passte. Ich dachte mir, dass ich alles daran setzen sollte, die beiden Meister nicht zu verärgern.

Die Arbeiten, die ich machen musste, machten mir Spaß. Es war abwechslungsreich und ich lernte viel dabei. Wir mussten zudem jede Woche in die Berufsschule. Ab Januar war ich nicht mehr in der Hauswirtschaftsklasse, sondern in der Fachklasse. Es machte mir Freude und wir hatten einen guten Lehrer, Herrn Albrecht. Nur gab es da einige Schüler, die es nicht so genau mit der ganzen Sache nahmen. Ich fragte mich, warum die nur so faul waren? Sie hatten alle die achte Klasse erreicht und machten sich wenig daraus. Ich dagegen musste aufpassen wie ein Luchs, damit ich ja alles begriff, was die Lehrer in der Schule oder die Meister in der Lehrwerkstatt erklärten.

Wir mussten Wochenberichte in unser Berichtsheft schreiben und zeichnen, sowohl in der Schule als auch in der Werkstatt. Das hat mir Spaß gemacht. Es kam sogar so weit, dass der Lehrer Albrecht meine Berichtshefte in der Klasse herumreichte und zu einigen Schülern sagte: „Seht das bitte an, das ist von einer Schülerin, die durch tragische Umstände nur das fünfte Schuljahr erreicht hat." Das war für mich furchtbar. Ich habe mich so geschämt und habe fürchterlich geweint. Dann aber hat der Lehrer ganz kurz meine Vergangenheit geschildert und sagte zum Abschluss: „Nehmt euch bitte mal daran ein Beispiel für alle Zeiten!" Ich habe mich auf jeden Fall immer angestrengt, was zu lernen.

In der Lehrwerkstatt wurde in den nächsten Wochen eine Gruppe von Lehrlingen gebildet. Deren Mitglieder sollten von nun an im Leistungswettbewerb stehen. Dafür wurde eine Prozentetafel ausgearbeitet und in einem Schaukasten angebracht. Am Ende eines jeden Monats gab es für die Besten eine Belohnung in Form von fünf Mark extra in die Lohntüte. Ich bekam etwa 60 Mark netto Grundlohn und da habe ich natürlich immer versucht, über die 100 Prozent hinauszukommen.

Nun war der Winter langsam vorbei und das schöne Frühjahrswetter kam. Wenn ich morgens so früh durch die Landschaft ging, habe ich es richtig genossen. Die frische Luft, die Vogelwelt erwachte und wenn ich so auf Sommeritz zukam, dann machte sich Margarete bemerkbar, die aus Brandruebel kam. Wenn sie im Wald war, wo die Straße durchführte, rief sie immer ganz laut „Ulla!" und ich antwortete. In Sommeritz an der Kirche trafen wir uns und gingen gemeinsam zur Firma. Abends gingen wir dann auch wieder zu zweit heim.

In den folgenden Monaten wurde eine monatliche FDJ-Versammlung in der Firma am Abend eingeführt. Da mussten alle Lehrlinge erscheinen und wer nicht kam, dem wurden vom Lohn fünf Mark abgezogen. Wir mussten dazu bis 22 Uhr in der Firma bleiben. Freizeit hatten wir sowieso nicht viel, es wurde ja auch am Samstag bis mittags gearbeitet. Entweder am Nachmittag oder sonntags wurden Berichte geschrieben.

Trotzdem habe ich versucht, bei Hofers auf dem Feld oder im Stall mitzuhelfen, wenn ich spätnachmittags nach Hause kam. Für ein bisschen Essen und Milch. Das Geld, was ich nun verdiente, reichte für uns beide nicht hin und nicht her. Wir konnten uns kaum was kaufen, denn was waren knapp 60 Mark für zwei Personen? Davon mussten wir nämlich auch an Familie Hofer zehn Mark Miete zahlen für unser kleines Kämmerlein. Für mich blieb überhaupt nichts übrig. Meine Mutter dagegen kaufte sich von dem Geld auch noch Zigaretten. Wenn ich darüber nachdachte, wurde ich oft wütend und habe geheult. Ich sagte immer wieder: „Mutti! Besorge dir eine Arbeit, dass wir endlich mal was für uns anschaffen können." Aber es war alles umsonst, das prallte einfach an ihr ab.

Nun war ich noch häufiger als sonst bei Inge. Wir unterhielten uns viel über die Arbeit. Sie erzählte von der Schuhfabrik und ich von der Knopffabrik. So hatten wir immer ein Thema, es wurde uns nie langweilig.

Ein zufriedener Pastor

Unser Pastor vom Dorf war eines Tages zu uns gekommen, er hieß Herr Steller, und hatte zu mir gesagt, ich sei ja schon 13 Jahre alt, würde bald 14, und müsste unbedingt ab jetzt jede Woche zum Konfirmandenunterricht ins Pfarrhaus kommen. Eigentlich sei eine Konfirmation mit 14, im letzten Schuljahr, aber dafür sei es bei mir sowieso schon zu spät. Wenigstens 1950 sollte ich konfirmiert werden. Ich wusste erst gar nicht, wie ich damit umzugehen hatte, weil wir ja den Glauben durch die schlechten Erfahrungen in der Russenzeit verloren hatten. Ich wollte dort erst gar nicht hingehen, aber meine Freundin Inge meinte zu mir: „Konfirmation, Ulla, da musst du mitmachen! Das ist bei uns hier jedes Jahr, bevor die Jungens und Mädels aus der Schule kommen." Nur ich hatte die Schule bereits verlassen müssen. Das war alles Neuland für mich, aber ich habe es mir durch den Kopf gehen lassen. Ich wollte es erleben, auch in der Lehrzeit. Meine Mutter meldete mich an. Ein Jahr lang sollte ich alles kennenlernen.

Manchmal fühlte ich mich von allem ganz überfordert. Einmal bin ich weinend durchs Dorf zu meiner Mutter hingegangen und habe sie gefragt, warum ich jetzt alles auf einmal machen müsste: beim Bauern helfen, Holz aus dem Wald holen, Kühe hüten, dem Konfirmandenunterricht folgen, und nun sollte ich auch noch alles in der Lehre verstehen. In mir brach alles zusammen, weil man von mir so viel verlangte. Ich war so unglücklich und wollte nur noch für mich allein sein. Ich wurde richtig krank, habe viel geweint und Mutter wusste nicht, was mit mir los war.

Der Konfirmandenunterricht war wirklich sehr schwer für mich, aber ich habe mich durchgebissen und letztlich auch alles geschafft, genau wie die anderen Konfirmandinnen und Konfirmanden. Das große Fest rückte immer näher, und die Leute suchten für Mädels und Jungen die Bekleidung aus. Meine Mutter hatte jedoch kein Geld und konnte nicht nach Schmölln fahren und mir was kaufen. Das war ganz schlimm für mich. Was sollte ich denn bloß anziehen?

Eines Tages kam eine Frau zu uns und sagte zu meiner Mutter, sie solle doch mal mit mir nach Schmölln in die Kleiderkammer laufen, dort würde ich bestimmt ein Kleid, einen Mantel und vielleicht auch ein Paar Schuhe zur Konfirmation bekommen. Wir taten es und schilderten unsere Armut. Ich durfte mir ein Kleid aussuchen. Es war dunkelblau mit einem V-Ausschnitt, und darauf war ein weiß gehäkelter Kragen. Leider war es aber für mich zu groß. Wir nahmen es trotzdem. Das Kleid wurde bei einer Schneiderin im Dorf umgeändert, und es sah dann ganz toll aus. Ich bekam noch einen dünnen Mantel in der Farbe des Kleides dazu, aber keine Schuhe. Die hatten sie nicht. Ich war so glücklich über die Sachen und stolz dazu. Nun war ich auch eine Konfirmandin. Die Schuhe bekam ich von unserem Bürgermeister aus Weißbach. Er schenkte mir einen Bezugschein, den ich in Schmölln einlöste. Es war ein Paar braune Lederschuhe. Ich habe mich riesig darüber gefreut und konnte nun den Tag kaum erwarten, bis es soweit war.

Der Bauer Hofer plante auch ein Familienfest, denn sein Sohn Manfred ging auch zur Konfirmation. Bei Hofers wurde großer Hausputz abgehalten, und dann wurde auch noch geschlachtet. Es war eben alles in Aufruhr. Nur bei uns war es wie jeden Tag, wir hatten ja gar nichts – kein Geld und keinen Vater, der was besorgen konnte. Es war alles ganz anders, und es tat uns sehr weh, wenn wir das Leben auf dem Bauernhof beobachteten. Was die alles hatten und machen konnten!

Als die Zeit der Konfirmation herankam, hatten wir einen Sonntag vor dem großen Tag die Prüfung in unserer kleinen Dorfkirche. Sie war voller Leute, und der Pastor Steller fragte uns Sachen ab, die wir alle auswendig gelernt hatten. Ich war so aufgeregt, dass mir die Hände schwitzten, aber ich schaffte es. Ich wollte beweisen, dass ich zwar die Ärmste von allen war, aber nicht zu faul zum Lernen. Der Pastor war sehr zufrieden mit mir. Am 2. April 1950 war der Tag der Konfirmation. Ich war irgendwie ganz ergriffen davon, dieses Ereignis mitmachen zu können.

Bei Familie Hofer unten im Haus war alles ganz feierlich. Es waren viele Leute gekommen, die bei dem Fest von Manfred dabei sein wollten. Meine Mutter und ich hingegen waren ganz allein in unserem kleinen Kämmerlein. Wir liefen zur Kirche, und ich war auf einmal wieder ganz traurig, als die Mitkonfirmanden alle mit vielen Verwandten zur Kirche gingen, und ich hatte weder den Vater bei mir noch die Geschwister. Mich überfiel die Schwermut und meine Mutter war auch sehr traurig. Ich merkte es ihr an. Mir zitterten alle Knochen beim Betreten der Kirche. Beim Gottesdienst spielten meine Gedanken verrückt und ich musste mich sehr zusammenreißen, um nicht wegzugehen.

Pastor Steller übergab uns die Konfirmationsscheine, da bemerkte er, wie es um mich stand. Er sagte dann zu mir: „Geh mal an die frische Luft!" Das tat ich und bin dann auch nicht mehr reingegangen. Meine Mutter kam zu mir und wir gingen durch das Dorf, denn es war uns überhaupt nicht zum Feiern zumute.

Während bei Hofers alles fein hergerichtet wurde, saßen wir wie zwei Trauerklöße in unserem Kämmerlein. Wir hatten noch nicht mal einen richtigen Kuchen. Nachmittags kam Frau Bachmann mit ihren drei Kindern. Sie hatten für mich einen kleinen Kuchen gebacken. Der wurde dann redlich aufgeteilt. Damit war die Feier bei uns auch schon am Ende.

Geschenke habe ich keine erhalten, nur ein paar Karten und ein Kuvert mit fünf Mark. Das war alles, was für ein Flüchtlingskind übrig war. Bei der Familie Hofer hingegen wurde am späten Nachmittag sogar Klavier gespielt. Es hörte sich sehr gut an und wir machten unsere Tür auf, um es mit anzuhören. Später kam dann Inge zu mir, überreichte mir einen Blumenstrauß und fragte, ob ich nicht mit zu ihr wolle. Natürlich begleitete ich sie, schon um nichts mehr von der Feier bei Hofers zu hören. Es tat furchtbar weh.

Am Abend trafen sich alle Konfirmanden und Konfirmandinnen an der Kirche, um zu erzählen, was alle so geschenkt bekommen hatten. Da war ich ja das allerärmste Kind gewesen. Die konnten es überhaupt nicht begreifen.

Dann entschlossen wir uns, etwas zu spielen. Sie schlugen Räuber und Gendarm vor. Das Spiel hatte ich noch nie gespielt, habe es aber gleich verstanden, als sie es mir erklärten. Es ging durch Hecken und Gärten, irgendwie ganz aufregend. Dabei wollte ich mit Inge über den Schulhofzaun springen. Sie kam gut rüber. Ich dagegen blieb mit meinem Kleid an einer Latte hängen und riss mir dabei ein großes Loch in die rückwärtige Seite vom Rock. Unser Versteck war gleich vergessen. Ich bekam eine schreckliche Angst, damit zu meiner Mutter zu gehen, und sagte zu Inge: „Heute gehe ich nicht mehr nach Hause. Ich bekomme dafür bestimmt

Hiebe von meiner Mutter. Es ist doch mein einziges Kleid, Inge!"

Wir überlegten, was wir machen könnten, und da sagte sie: „Ulla, wir gehen zur Schneiderin, die hier bei uns im Dorf wohnt."

Gesagt, getan. Wir liefen zu ihr, erzählten ihr alles und sie nahm uns mit zu sich hinein. Das Kleid wurde von ihr in einer Stunde geflickt. Ich war überglücklich, es heile wiederzukriegen. Dann ging ich zu meiner Mutter, doch ich erzählte ihr nichts. Das Flickwerk war so gut gemacht, dass nie rausgekommen ist, was mit dem Kleid am Abend meiner Konfirmation passiert ist.

Nicht mal ein Bett

Im Dorf wurde für uns Jugendliche ein Sportverein gegründet zu unserer großen Freude. Da hatten wir schon lange drauf gewartet und nun hatte es geklappt. Der Tanzsaal von der Gaststätte Hoffmann sollte unsere Übungsstätte werden, so wurde es vom Bürgermeister Henkel bestimmt. Der Übungsleiter wurde unser Lehrer Herr König. Er war jung und beherrschte den Sport gut. Die Übungen sollten zweimal in der Woche sein. Die Jugendlichen aus Weißbach und Brandruebel kamen alle zusammen und wir beschlossen, die Übungsabende von 20 Uhr bis 22 Uhr zu machen.

Die Beteiligung war sehr gut, und das Training war für uns Anfänger ziemlich streng, aber wir haben es mit festem Willen durchgezogen. Meine Lieblingsdisziplinen wurden im Laufe der Zeit das Barrenturnen und die Bodengymnastik. Es machte mir große Freude, das merkte dann auch der Trainer. Ab und an durfte ich auch schon mal aushelfen, wenn er nicht kommen konnte. Dann haben meine Freundinnen Inge und Charlotte und ich die zwei Stunden Training geleitet.

Meine Zeit wurde immer knapper. Es war Lernen für den Beruf, Sport treiben und noch nebenbei bei Hofers das Arbeiten angesagt. Es kam dazu, dass ich kaum was auf den Rippen hatte und, wie immer, alles bewältigen musste. Meine Mutter ging öfter abends zu Familie Wiesner, ich wusste aber nicht, warum. Später sollte ich es erfahren. Sie hatte dort einen Mann kennengelernt. Das ging eine ganze Weile so, aber eines Abends sagte sie: „Ulla, du kannst heute Abend nicht hier schlafen, geh doch mal zu Frau Bachmann und frage sie, ob du da übernachten kannst. Du kannst auch gleich morgen früh von dort aus zur Arbeit gehen." Da habe ich mich schon gefragt, warum mich meine Mutter einfach weg-schickt, wo ich doch das Recht habe, im eigenen Bett zu schlafen.

Für mich brach eine Welt zusammen. Es war schon schlimm genug, dass ich das Bett mit ihr teilen musste, aber das war zu viel! Ich ging auf unser Holzklo drau-ßen, versteckte mich und habe sehr geweint. Ich fühl-te mich wie weggeworfen. Nach einiger Zeit lief ich ins Zimmer hoch, nahm stillschweigend meine Tasche und ging raus. Meine Mutter wollte mich zurückrufen, aber ich marschierte einfach weiter. Frau Bachmann guckte ganz verdutzt und fragte, warum ich bei ihnen bleiben wollte. Ich erzählte es ihr. Sie schüttelte den Kopf und sagte: „Kind, komm rauf! Wo drei Kinder schlafen, da hat auch noch ein viertes Platz!" Ich stieg weinend die Treppe zur Wohnung hoch, sie nahm mich in die Arme und tröstete mich. Die Brunhilde sagte gleich: „Ulla, du kannst bei mir am Kopfende schlafen, und Elfriede, du schläfst mit Mutti zusammen!" Der Bruder Reiner hatte ein Bett für sich allein. Sie gaben mir noch was zu essen, und dann ging es ins Bett, denn Frau Bachmann musste ja genauso früh nach Schmölln zur Arbeit gehen wie ich.

Ich wurde immer trauriger, denn es kam ab sofort öfter vor, dass ich bei Frau Bachmann manchmal sogar spätabends um eine Übernachtung betteln musste. Eines Tages fragte ich meine Mutter, warum sie mich so behandeln würde. Da sagte sie zu mir, das würde ich nicht verstehen, weil ich noch ein Kind sei. Da brach es aus mir heraus: „Was ich in Königsberg sehen musste, dafür war ich kein Kind mehr! Die Vergewaltigungen und das alles, sogar an Mädchen, die so alt waren, wie ich es heute bin und noch jünger. Was sagst du dazu?" Ich bin dann weinend zu meiner Freundin Inge gelaufen, übernachtete dort und ging morgens zur Arbeit. Die Mutter von Inge gab mir noch ein Fettbrot mit, damit ich etwas zum Frühstück hatte.

In der Firma musste ich meinen ganzen Kummer vergessen, weil ich aufpassen musste, was uns die beiden Meister alles erklärten. Ich ließ mir nichts anmerken. Abends traute ich mich gar nicht mehr, zu meiner Mutter zu gehen. Wir haben in den folgenden Wochen auch kaum gesprochen. Ich machte meine Arbeiten für die Lehre, las und legte mich am Abend neben sie ins Bett. Alles lief ganz teilnahmslos ab. Ich habe sie nichts mehr gefragt. Eines Tages kam eine Frau aus Plauen zu uns. Es war die Ehefrau von dem Mann, mit dem meine Mutter befreundet war. Es gab einen Mordskrach zwischen den beiden. Danach kam der Mann nicht mehr zu meiner

Mutter. Aber es war wieder ein Stück meiner Liebe zu meiner Mutter abgebröckelt. Es tat furchtbar weh.

Mich hielten die Arbeit und der Sport am Leben. Darin ging ich auf. Eines Tages kamen wir Jugendlichen vom Dorf alle zusammen und beschlossen, uns einen eigenen Sportplatz zu bauen. Wir wollten mit dem Bürgermeister Henkel sprechen, ob er uns unterstützen könnte. Einige Wochen später bekamen wir ein Grundstück zwischen Weißbach und Brandruebel zugewiesen und fingen an. Die Jungs wurden dazu bestimmt, das Material und die Geräte beim Bürgermeister zu beantragen, die Mädchen waren alle verpflichtet, bei der anfallenden Arbeit mitzuhelfen. Voller Tatendrang gingen wir immer, wenn es die Zeit erlaubte, zur Baustelle und bauten, so gut wir konnten. Das ganze Unterfangen nannte sich ‚freie Aufbaustunden'.

Wenigstens zuschauen

Nun kam langsam der Herbst. Die Abende waren oft kalt und wir mussten den Ofen anmachen. Aber natürlich hatten wir wieder nichts zum Feuern. Das machte mir Kummer. Wie sollte es jetzt werden, wenn ich zur Arbeit ginge und kein Holz mehr organisieren könnte? Nur ab und zu konnten wir mal nach Schmölln fahren und schwarzen Braunkohlenstaub beim Kohlenhändler kaufen, um mit meiner selbstgebauten Kohlenform Briketts zu machen. Das musste von meinem bisschen Geld bezahlt werden.

In meiner Not schrieb ich an Tante Agnes nach Bielefeld, ob sie uns nicht mal wieder ein Puddingpaket senden könnte. Ich würde dann etwas davon verkaufen, damit wir über den Winter kämen. Wenig später kam ein Paket. Es war sogar etwas Schokolade drin. Zwei Tafeln verkauften wir für Brot. Wir mussten nur ans Überleben denken. Auch Pudding war dabei. Frau Bachmann brachte ich fünf Päckchen als Dankeschön. Die Freude war riesig. Die Familie Bachmann war mir so richtig ans Herz gewachsen.

Meine Mutter hatte in der Plantage vom Dorf ein paar Äpfel und Birnen geholt. Da hatten wir wenigstens ein bisschen auf Reserve. Und wenn ich morgens an der Obstwiese vorbeikam, steckte ich mir die Taschen voll und hatte mein Essen für den ganzen Tag. Das machte ich so lange, bis der Schnee fiel und nichts mehr an den Bäumen hing. Überall musste ich mich durchfuttern.

Jetzt, wo es Winter wurde, kam für mich auch in Sachen Kleidung wieder die schlimmste Zeit. Ich hatte immer noch keine richtig warme Winterkleidung zum Anziehen, ich konnte mir ja nichts kaufen. Ich fragte Inge, ob sie nicht einen alten Mantel hätte. Den und ein paar andere dicke Sachen würde ich dann bei einer Schneiderin in Schmölln zu einem passenden Mantel für mich verarbeiten lassen. Ich bekam drei alte Mäntel von ihr, brachte sie nach Schmölln und habe 14 Tage später einen schönen Mantel für die kalten Wintertage gehabt. Nur konnte ich der Schneiderin nicht gleich das ganze Geld geben. Wir vereinbarten zehn Mark als Lohn, aber ich hatte nur einen Teil und wollte den Rest mit Pudding bezahlen.

Beim Sportverein konnten wir jetzt auch draußen nichts mehr machen, weil der Winter Einzug gehalten hatte. Wenn wir so alle zusammen waren, haben wir oft Lieder gesungen. Charlotte begleitete uns dabei mit ihrer Gitarre, das war toll. Es war eine gute Gruppe entstanden, die immer zusammenhielt.

Der Sportlehrer König sagte uns eines Tages, dass er bei uns im Dorf eine FDJ-Gruppe bilden wollte, wir sollten doch alle in diese Gruppe kommen. Wir haben alle eingewilligt.

Meine Mutter musste sich jetzt etwas mehr um das tägliche Heizmaterial kümmern, weil ich ja den ganzen Tag weg war. Ich war nur noch am Wochenende dafür zuständig. Dann rannte ich mit dem Jutesack und dem Holzhaken im Wald umher, um ein paar trockene Äste zu ergattern. Doch alles war wie leergefegt. Ich fand kaum noch etwas und ging manchmal sogar auf den Friedhof in der Hoffnung, ein paar trockene Kränze zu finden. Die Lage war kritisch. Hilfe hatten wir nicht zu erwarten. Jeder war auf sich selbst gestellt und musste irgendwie durchkommen.

Was will man anfangen, wenn kein Pfennig Geld vorhanden ist und man sich überhaupt nichts anschaffen kann? Ich habe mich manches Mal richtig geschämt und konnte vieles nicht mitmachen. Ich konnte nie ins Kino oder in den Ballsaal im Ort, um das Tanzen zu erlernen. Ich hatte keine Kleider und keine Schuhe dafür. Manchmal schaute ich am Ballsaal zum Fenster rein. Das war wenigstens etwas – die schöne Musik zu hören, die eine Kapelle aus Schmölln spielte.

Ich hatte mich mit all dem abgefunden und hatte keine Ansprüche. Nur fing ich an, über das alles gründlich nachzudenken. Was sollte wohl werden, wenn ich etwas älter wäre? Kein eigenes Bett, eine Mutter, die nicht arbeiten ging, und keine richtige Wohnung für uns. Ich fand für all das keine Lösung. Aber ich wusste: Ich wollte das nicht mehr so mitmachen. Doch für eine Veränderung brauchte ich Geduld. Vielleicht ginge alles in eine bessere Richtung nach meiner Lehre? Das waren aber noch Zeiten bis dahin, und es sollte noch Vieles auf mich zukommen.

Schlimm waren die folgenden kalten Tage für mich, wenn ich morgens vom Hof ging und der Schnee mir jede Orientierung nahm, keine Straßenbeleuchtung und kein Mensch in der Gegend zu sehen war. So stapfte ich bis nach Schmölln, kam dann total entkräftet an und musste den ganzen Tag mit wenig Essen im Bauch durchhalten. Mit großem Willen und viel Hoffnung schaffte ich es.

In blauer Bluse

Der Sport, so merkte ich, gefiel mir immer mehr, und ich wurde sehr gelenkig. In der Berufsschule hatten wir auch jede Woche Sport. Jedes Mal, wenn wir in die Turnhalle reinkamen, war da eine ganze Gruppe russischer Soldaten, die in kompletter Uniform und ihren Stiefeln an Barren, Reck und Ringen turnten. Wir konnten nicht begreifen, wie man so ohne Sportzeug turnen konnte. Wir mussten jedenfalls immer die Turnhalle vom Dreck der Stiefel, die sie trugen, säubern.

In den Wintermonaten kamen wir Jugendlichen zusammen und machten zum Wochenende abends, wenn Schnee da war – und den gab es meistens reichlich –, Schlittenpartien. Wir waren immer so 30 Leute im Alter zwischen 14 und 16 Jahren. Es war ein Heidenspaß, wenn wir die Schlitten im Schlepptau aneinanderbanden und es bergab ging. Die letzten, die auf den hinteren Schlitten saßen, wurden meistens verloren. Das war dann immer ein Gejuchze von denen! Das waren die Spiele, die es so für uns gab.

Manchmal hatten wir auch FDJ-Abende, die uns politisch belehren sollten. Aber das, was die da erzählten, berührte mich eher wenig, weil ich eine ganz andere Welt hinter mir hatte. Ich konnte mit ihrer Überzeugung überhaupt nichts anfangen und wollte es auch nicht, denn die hatten doch nichts vom Krieg gesehen, geschweige denn ihn an der eigenen Haut erlebt. Die konnten mir nichts vormachen, und ich hätte auch überhaupt nichts geglaubt. Ich habe nur immer aufmerksam zugehört und für mich gedacht, wie leicht man Jugendliche doch zu etwas bewegen konnte, von dem sie gar keine Ahnung hatte. Ich hatte den Stalinismus pur erlebt und das reichte mir. Die Versammlungen, die an den FDJ-Abenden stattfanden, nannte man Zirkelstunden.

Parallel hatte sich auch eine Pioniergruppe im Ort gebildet, das waren die kleineren Schulkinder. Es wurde also so langsam alles unter Dach und Fach gebracht und es gab nun auch für Kinder und Jugendliche richtige politische Aufgaben. Nicht nur das Spielen. Wir wurden mit einer entsprechenden Uniform eingekleidet, da waren wir ganz stolz drauf – auch ich. Mir ging es nicht um die Sache, bei mir spielten andere Gedanken eine Rolle. Weil ich ja fast nichts anzuziehen hatte, war ich ganz glücklich, wieder ein ganz neues Kleidungsstück zu haben. Es waren eine blaue Bluse und ein dunkelblauer Rock und ich fühlte mich richtig erwachsen damit. Der Haken an der Sache war, dass ich die Stücke nicht immer anziehen durfte, nur bei Versammlungen und wenn wir irgendwo offiziell zusammen hingingen.

Zum Frühjahr hin wollten wir an unserem neuen Sportplatz weiterbauen, damit wir da Sport treiben durften. Unser Arbeitseifer war groß und es machte Spaß, etwas Vernünftiges zu machen. Natürlich alles nach Feierabend oder samstags und sonntags! Ich hatte die große Hoffnung, bald die geliebten Ballspiele – Völkerball, Handball und Faustball – zu spielen.

Doch auch die Lehre nahm mich gehörig in Anspruch. Ich musste viel lernen, denn ich wollte ja einen guten Abschluss erreichen, damit ich etwas Geld verdienen konnte. Meine Mutter hatte sich immer noch keine Arbeitsstelle besorgt, und so ging auch der nächste Sommer dahin, ohne dass sich unsere finanzielle Lage verbesserte. Wir konnten uns überhaupt nichts kaufen und es war für mich ganz furchtbar. Wenn da nicht die Inge gewesen wäre, die mir ab und an mal was von ihren abgelegten Kleidungsstücken gegeben hätte, wäre es noch schlimmer um mich bestellt gewesen.

Seit dem Frühjahr half ich auch wieder bei Hofers auf dem Hof beim Kartoffellegen, Rübenhacken und -verziehen – alles für ein bisschen Brot und Milch. Es wurde alles auf Knien rutschend gemacht. Hinterher konnten wir kaum gehen, so taten uns die Knie weh. Wenn wir alle auf dem Feld waren – es waren ja noch mehr Frauen und Kinder zum Arbeiten da –, kam die Oma mit einem Korb und brachte für uns ein Fettbrot oder eins mit Zuckerrübenkraut drauf, dazu gab es Milch oder selbstgemachten Kaffee. Das Allerbeste war die halbe Stunde Ruhezeit für alle.

Im Sommer planten wir Jugendlichen ein Sportfest im Ort. Es sollte das erste auf dem neuen Sportplatz sein. Die Rennen – 100, 400 und 1.000 Meter – wollten wir auf der nahe gelegenen Autobahn durchführen, die war so gut wie leer. Es fuhren ein bis zwei Autos oder Motorräder in der Stunde. Wenn wir dort nicht gerade ein Sportfest machten, fuhren wir manchmal mit dem Fahrrad lang oder gingen sonntags auf der Autobahn spazieren.

Auf dem Grünstreifen konnte man gemütlich sitzen und Karten spielen. Niemand nahm Anstoß daran.

Bei uns in Weißbach lebte eine Familie, die kam aus dem Sudetenland. Der Mann machte ganz leckeres Eis im Sommer. Zum Kühlen holte er sich Eisstangen aus Crimmitschau, das lag einige Kilometer hinter Weißbach. Manchmal begleitete ich ihn. Mit Handwagen und Jutesäcken ausgerüstet fuhren wir hin und holten vom Schlachthof die Eisstangen. Auf der Rückfahrt kilometerweit den Wagen zu ziehen war ziemlich schwer. Aber er gab mir dafür zwei Mark und ich war froh, dieses Geld zu haben. Nicht für Eis, sondern für das Lebensnotwendige.

Das Dorfleben in Weißbach war gut und ich fühlte mich dort wohl. Wie es meiner Mutter ging, wusste ich nicht so recht. Sie hatte kaum eine Beziehung zu den Leuten und fühlte sich bestimmt nicht angenommen.

Sport frei!

Unser Trainer wollte jetzt mit uns tüchtig das Laufen üben, damit wir auch Preise gewinnen konnten. Die Übungsläufe wurden im Dorf durchgeführt auf unserer einfachen Dorfstraße, die nicht gepflastert und auch nicht geteert war. Sie sah aus wie ein Feldweg. Wenn wir da mit Tempo durchrannten, auf nackten Füßen, taten uns die Sohlen weh von all den kleinen Steinen. Wir bissen die Zähne zusammen, denn Turnschuhe hatten wir alle nicht. Aber wir waren sportbesessen und wollten was gewinnen.

Wenn wir heimgingen, nahm uns Jutta meistens noch mal zu ihren Eltern mit, und wir setzten uns in den kleinen Garten. Dann haben wir schöne Volkslieder zur Gitarre gesungen. Jutta hat manchmal jedem von uns eine Schüssel mit Eiweiß und Zucker darin gebracht. Wir durften das Eiweiß cremig schlagen und mit etwas Phantasie konnten wir uns vorstellen, dass es Eis wäre.

Im Sommer gingen wir auch oft im Dorfteich schwimmen. Das konnte ich gut. Es machte uns allen Spaß, zwischen Enten, Blesshühnchen und viel Entengrütze umherzupaddeln. Eines Tages kamen ein paar halbwüchsige Jungens und wollten uns Mädels ärgern. Ich stand am Teichrand und da warf einer einen dicken, roten Backstein, so dass ich ihn auf den linken Fuß bekam. Ich sprang aus dem Wasser, riss einen Stock von einer Weide und jagte ihn bis zum Oberdorf. Dann bezog er von mir eine Tracht Prügel, die er wohl nicht mehr vergessen hat. Erst danach kam mir der pochende Schmerz zu Bewusstsein. Mein Fuß war so geschwollen, dass ich drei Wochen nicht zur Lehrwerkstatt gehen konnte. Ich legte Essigumschläge auf, aber das half kaum. Außerdem brauchte ich eine Bescheinigung für die Lehre. So lief ich nach Nöbdenitz zum Landarzt.

Als ich wieder Sport machen konnte, sprach mich der Trainer an, ob ich nicht Lust hätte, nach Blankenburg in Thüringen für acht Wochen auf die Sportschule zu gehen. Ich war ganz begeistert von dem Vorschlag und sagte sofort zu. Ich wollte es erst mit der Lehrwerkstatt klären, aber der Trainer meinte, die müssten mich freistellen, weil es zum Wohle des Volkes sei. Nur meine Mutter war nicht gerade angetan: „Wenn du dann die acht Wochen weg bist, haben wir ja gar kein Geld mehr." Ich antwortete: „Ja, Mutti, dann musst du dir auch mal eine Arbeitsstelle in Schmölln suchen." Wenn ich das Thema ansprach, hatten wir ständig Auseinandersetzungen. Aber ich entschied mich doch dafür. Vom Verein wurde mir sogar ein Trainingsanzug ausgehändigt.

In der Sportschule waren wir eine große Gruppe aus verschiedenen Bezirken. Ich kam in ein Zimmer mit zwei Mädchen. Eines war aus Altenburg, und das andere aus Meerane bei Zwickau. Wir haben uns gut verstanden und freundeten uns schnell an.

Immer morgens um sechs wurden wir alle geweckt, dann liefen wir schnell zum Waschen. Schon um halb sieben mussten wir draußen vor der Schule antreten, und dann ging es im Gleichschritt zum Sportstadion. Bis acht Uhr wurde trainiert, Leichtathletik. Wir mussten uns sehr anstrengen, bevor wir um neun unser Frühstück einnehmen konnten. Aber es machte auch großen Spaß. Danach hatten wir zwei Stunden theoretischen Unterricht, da war auch politische Schulung eingebunden. Nach Mittag und Mittagsruhe gab es Ersatzkaffee mit einem Stück Kuchen und um vier Uhr nachmittags ging es wieder ins Sportstadion zum Trainieren. Das ging bis sechs. Dann marschierten wir im Gleichschritt und manchmal FDJ-Lieder singend durch die Stadt zum Lehrheim. Nach Abendbrot und Waschen war noch mal Schule und um zehn ging das Licht aus. Nur am Samstag konnten wir uns alle mal richtig ausschlafen.

Einmal fuhren wir ins Jenaer Sportstadion zum Wettkampf. In der letzten Woche vor unserer Heimreise legten wir eine Prüfung ab. Ich war ziemlich aufgeregt, denn ich hatte ja nur einen Abschluss von der fünften Klasse. Aber ich kämpfte mich durch.

Als ich wieder zurück im Dorf war, ging ich erst zu Inge und erzählte ihr von meinem Erfolg. Selbst meine Mutter war stolz: „Hoffentlich hast Du denn auch Zeit dafür, das alles zu machen, denn die Lehre musst Du ja noch beenden und dafür musst Du noch viel lernen." „Ich schaffe das schon, Mutti", sagte ich und sie gab sich damit zufrieden. Sie kannte meinen Ehrgeiz.

Vorfreude, schönste Freude

Nach ein paar Tagen hieß es in der Lehrwerkstatt, dass die Freie Deutsche Jugend der DDR in ein paar Wochen zum Deutschlandtreffen nach Berlin fahren würden, und wer da mitfahren wollte, sollte sich bei der FDJ-Gruppe melden. Ich dachte sofort an meinen Bruder Herbert. Das wäre doch die Möglichkeit für mich, ihn mal wieder zu sehen! Aber es würde schwierig werden, denn ich war ja gerade erst eine Zeitlang weggewesen.

Bei der nächsten FDJ-Versammlung wurde das Thema angesprochen, einige meldeten sich, aber ich nicht. Da sagte der FDJ-Leiter: „Und Du, Ulla, willst Du nicht mit?" „Doch, ich möchte schon, aber das wird von der Firma bestimmt nicht genehmigt." „Das kriegen wir schon hin", meinte er.

Ich brauchte gar nichts mehr zu machen. In der Zwischenzeit lernte ich wie verrückt für die Lehre. Im Stillen hoffte ich, dass es klappen würde. Die Vorfreude auf ein mögliches Treffen mit Herbert war unglaublich.

Es gelang. Dann endlich war es soweit. Wir bekamen alle einen Ausweis, damit wir in Berlin mit der S- oder U-Bahn fahren konnten. Wir mussten die FDJ-Uniformen anziehen und konnten nur das Notwendigste mitnehmen. Lastwagen sollten die Teilnehmer aus allen Bezirken der DDR zu den Bahnhöfen bringen und von dort aus würden wir in Güterzügen nach Berlin fahren. Es war ein Abenteuer für uns alle.

Der Zug ab Schmölln war total überfüllt. In den einzelnen Waggons waren Bretterbänke aufgestellt, wer einen Platz erwischte, hatte Glück. Alle anderen standen, bis wir Berlin erreichten. Wir wurden dort in eine Fabrikhalle eingewiesen, die mit Strohsäcken ausgelegt war. Schon bald wurden wir durch eine Lautspre-cheranlage aufgerufen, uns nach draußen zu begeben. Jeder bekam seine Essensration – eine Blockwurst, et-was Käse, ein Stückchen Butter, Brot und ein paar Bon-bons. Tee gab es in großen Kannen. Satt und zufrieden verbrachten wir die erste Nacht in der Stadt.

Ich dachte mir einen Plan aus, um meinen Onkel Al-win besuchen zu können, denn da wohnte mein Bruder Herbert. Es durfte keiner davon erfahren, so was war nämlich nicht vorgesehen. Inge sagte ich Bescheid und machte mich auf den Weg. Am S-Bahnhof Prenzlauer Berg ging ich zu einem Schaffner, erzählte ihm kurz meine Geschichte und er gab mir eine Fahrkarte bis Plötzensee, wo mein Onkel Alwin einen kleinen Wohn-kahn hatte. Mir ging so viel durch den Kopf.

Am Kanal in Plötzensee fand ich den Wohnkahn so-fort. Ein großer Schäferhund bellte mich an und Onkel Alwin drehte sich um. Er schrie vor Freude auf, als er mich erkannte. Seit 1944 hatten wir uns nicht mehr ge-sehen. „Ulla, wo kommst Du denn her? Mädel, das ist doch nicht wahr. Bist Du es wirklich?", rief er und drück-te mich an sich.

Auch Tante Herta konnte nicht glauben, dass ich plötzlich vor ihr stand. Ich nahm sie in die Arme und wir weinten vor Freude. Herbert war bei seinem Freund, wollte aber bald da sein, also wartete ich. Bei einer Tas-se echtem Bohnenkaffee, den ich bis jetzt noch nie ge-trunken hatte, musste ich viel erzählen.

Plötzlich ging die Tür auf und mein Bruder kam herein. Ich brach in Tränen aus. Wir lagen uns in den Armen und heulten wie kleine Kinder. Wir sahen uns immer wieder an und waren kaum in der Lage, etwas zu sagen. Dann erzählten wir uns unsere Erlebnisse. Es war vieles so trau-rig. Herbert nahm mich mit auf einen Spaziergang und kaufte mir eine Tafel Blockschokolade: „Ulla, die schenk ich Dir." Ich war ganz glücklich darüber und machte sie gleich auf, um ein kleines Stückchen zu probieren. Als wir wieder in Richtung Kahn gingen, fragte ich Herbert, ob er nicht nach Weißbach kommen wolle. Aber da wurde er richtig böse und sagte bestimmt: „Niemals komme ich dahin und mit Mutter will ich nicht mehr zusammen." Ich lief weinend durch die Straßen. Schweren Herzens verabschiedeten wir uns etwas später.

Bei meiner Rückkehr wimmelte es in den Straßen von Prenzlauer Berg von Jugendlichen in blauen FDJ-Uniformen. Es war ein ganz anderes Bild als in Westberlin. Am Abend wurde ich gleich befragt, wo ich gewesen wäre. Ich behauptete, dass ich mir mal ganz allein und in Ruhe die Stadt ansehen wollte. Mein Betreuer meinte, das ginge aber nicht. Es war wie beim Militär, alles musste geordnet sein.

Am nächsten Morgen hatten wir uns in Reihen aufzustellen und dann wurde unter Gesang losmarschiert. Heute sollten wir den Präsidenten Wilhelm Pieck sehen, der sich am Alexanderplatz auf einer Tribüne zeigen wollte. Alle waren ganz gespannt darauf. Es wurde im Gleichklang geklatscht und dann stand er mitten auf der Bühne. In seinem schneeweißen Anzug und mit grauen Haaren winkte er uns zu, unser Staatsmann nach dem Krieg.

Es wurde viel vom Frieden gesprochen und weiße Friedenstauben flogen gen Himmel. Ich selber habe in der ganzen Sache überhaupt keinen Sinn erkennen können.

Mutter erzählte ich, dass Herbert nicht nach Weißbach kommen würde. Sie wurde immer verschlossener und sprach kaum noch darüber.

Ein armes Menschenkind

Ich ging nun wieder meiner Arbeit in der Lehrwerkstatt nach. Es machte mir Spaß, ich schrieb ordentlich meine Berichtshefte und am liebsten machte ich die Maschinenzeichnungen dazu. Manchmal träumte ich davon, technische Zeichnerin zu werden, aber dafür fehlte mir die Schulreife. So blieb mir einiges versperrt in meinen Berufswünschen. Auch hätte ich gerne Schneiderin werden wollen, aber dafür gab es überhaupt keine Lehrstelle zu der Zeit. Viele Mädchen wurden Maurer, Dachdecker, Autoschlosser oder Tischler, weil es zu wenig Mädchenberufe gab. Außerdem wurden viele Jungen zum Militär, zur so genannten Kasernierten Volkspolizei, eingezogen, und den Lehrlingsmangel mussten die Mädchen ausgleichen.

So langsam ging das Jahr 1950 zu Ende. Ich freute mich auf den abendlichen Sport in der Gaststätte Hoffmann. Oft saßen wir Jugendlichen danach noch alle zusammen und sangen schöne Volkslieder. Dazu gab es eine Limonade und die Jungens versuchten auch schon mal, selbstgedrehte Zigaretten zu rauchen. Welch ein Graus für uns Mädels, wenn sie uns welche anboten. Ich sagte zu denen: „Wisst Ihr was? Meine Mutter hat sich in der Russenzeit in Königsberg die Kirschblätter vom Baum gepflückt und die dann getrocknet, um das Zeug zu rauchen. Ich lass es lieber." Die guckten sich verdutzt an und ich wurde nie wieder zum Rauchen aufgefordert.

Der Winter war wieder sehr kalt und es war für mich, wie jedes Jahr, eine Herausforderung, ohne richtige Winterkleidung mit zu wenig Nahrung und Heizmaterial durchzuhalten. Meine Mutter hatte sich immer noch keine Arbeit gesucht.

Als ich mal wieder bei Herrn Henkel wegen etwas Holz für uns nachfragte, meinte er: „Wir haben zwischen Brandruebel und Weißbach noch etliche Baumwurzeln stehen. Wenn Du willst, könntet Ihr Euch die rausroden." Ich war froh und machte mich gleich am Wochenende mit einer Axt, dem Schlitten und ein paar Stricken auf in den Wald. Es war bitterkalt und der Boden gefroren. Ich machte mich an die Arbeit und musste feststellen, dass es unmöglich war, das Holz zu roden. Ich kam trotz der Kälte ins Schwitzen und Funken der Axtschläge sprühten auf die gefrorenen Wurzeln. Schließlich schaffte ich es, ein paar Wurzeln herauszulösen. So eine Quälerei, dachte ich. Aber der Gedanke daran, ein paar Tage wieder eine warme Stube zu haben, ließ mich alles Schwere vergessen.

Stolz kam ich bei Hofers auf den Hof und brachte das Holz in unsere Schuppenecke. Meine Mutter konnte ich zu solchen Anstrengungen nicht bewegen. Die saß dann lieber mit einer Decke in unserer kleinen Kammer oder ging, wenn es zu kalt wurde, zur Familie Wiesner, um sich dort zu wärmen.

In der Lehre kam ich gut zurecht, nur der weite Weg machte mir Kummer. Die Kälte kroch mir durch den Körper. Manchmal hatte ich das große Glück, von einem kleinen Lastwagen mitgenommen zu werden, der den Konsumladen in Weißbach frühmorgens belieferte. Der Fahrer sagte immer zu mir: „Setz Dich hinten rein, bis Schmölln nehme ich Dich mit." Wenn ich eine Ecke gefunden hatte, kuschelte ich mich zusammen. Meistens standen auf dem Boden Kuchenbleche. Dann packte ich die Gelegenheit beim Schopf und steckte mir zwei Stücke Eierwellkuchen in meine Tasche. Der Überlebenswille brach einfach durch.

Wenn ich in Schmölln ankam, beichtete ich es dem Fahrer, aber er meinte dann: „Das wird schon nicht auffallen, Hauptsache, der Kuchen schmeckt Dir."

Vielleicht merkte er, dass ich ein armes Menschenkind war.

Tanzstunden bei der FDJ

Weihnachten 1950 war sehr schwer für uns. Im Dorf herrschte Weihnachtsstimmung, nur bei uns nicht. Es lag nur Trauer in uns. Keine Geschwister um mich, kein Vater, keine Großeltern, weder Onkel noch Tante. Wir waren ein Niemand, arm und ausgebrannt in der Seele. Doch kurz vor Weihnachten kam zu unserer Überraschung der Postbote und sagte, wir sollten in Schmölln bei der Poststelle ein Paket abholen. Das war eine Freude für uns. Das Paket konnte ja nur von meiner Tante Agnes aus Bielefeld sein. Als wir es aufmachten, roch es schon nach Bohnenkaffee. Meine Mutter freute sich riesig. Es waren Schokolade, Vanillepudding und ein Paar Bembergseidenstrümpfe mit Naht drin. Ich war überglücklich. Dann kamen noch zwei Stück schöne Seife und etliche Sorten Bonbons zum Vorschein. Nun konnte Weihnachten kommen.

Meine Mutter sagte: „Jetzt können wir mit Frau Bachmann und ihren Kindern Weihnachten eine schöne Tasse Bohnenkaffee zusammen trinken. Und die Schokolade teilen wir mit ihnen." Sie hatten ja auch nur uns. Wir teilten allen Kummer. Frau Bachmann brachte einen kleinen selbstgebackenen Kuchen mit. Ich stellte ein Kerzenlicht ins Fenster und legte ein paar Tannenzweige dazu. Dann sangen wir schöne Weihnachtslieder, allen voran Frau Bachmann und ihre Tochter Elfriede, die hatten beide eine wunderbare Gesangsstimme. Ich hatte vorher bei Hofers gefragt, ob ich nicht ein paar Stückchen trockenes Holz für den Heiligabend kriegen könnte, denn unsere Wurzeln aus dem Wald waren noch nass und brannten schlecht. Sie gaben uns einen ganzen Korb voll, das reichte für etliche Tage.

Am nächsten Tag war ich bei meiner Freundin Inge eingeladen und nahm als Dankeschön zwei Päckchen Vanillepudding mit. Der wurde gleich gekocht. Dann saß die ganze Familie zusammen und spielte Mensch-ärgere-Dich-nicht. Ich war schon ein richtiges Mitglied der Familie. Sie waren alle sehr gut zu mir.

Zum Jahreswechsel sollte bei Hoffmanns im Tanzsaal ein Ball sein und Inge meinte: „Ulla, ob wir es mal versuchen, da reinzukommen?" Ich sagte: „Wir können ja mal an der Kasse fragen." Gesagt, getan. Wir fragten noch Charlotte, denn zu Mehreren würden wir vielleicht Glück haben. Inge lieh mir ein Kleid. Der Kassierer meckerte erst ein wenig, aber dann sagte er: „Nun kommt mal rein und zeigt, ob Ihr schon tanzen könnt." Das konnte natürlich keiner von uns. Wir wollten nur am Tisch sitzen und zusehen. Die Musikkapelle spielte schöne alte und neue Lieder. Eines ganz besonders oft, den Schlager ‚Egon'. Inge und ich versuchten mal zu tanzen, aber es klappte nicht so richtig, wir traten uns immer auf die Füße. Deshalb beschlossen wir, dass das bei unseren FDJ-Zirkelabenden geübt werden sollte. Charlotte sollte dabei Gitarre spielen, dann ginge es bestimmt besser. Ich blieb an dem Abend noch lange bei Inge und wir setzten uns das Tanzen als neues Ziel.

Als ich meiner Mutter erzählte, was wir vorhatten, meinte sie: „Lerne Du mal lieber für die Lehre, damit Du die Prüfung bestehst." Ich war traurig und sagte: „Mutti, ich möchte auch mal ein bisschen Freude in meinem Leben erleben, nicht nur immer Elend um mich herum. Mich forderst Du auf, alles zu machen und Du suchst Dir keine Arbeit, damit es uns etwas besser geht." Das war wohl zu viel Wahrheit. Sie wurde richtig wütend und schrie mich an, ich solle ja nicht wagen, so etwas noch einmal zu sagen. Also fraß ich alles in mich hinein.

Wenn ich die Lehre beendet hätte, würde ich vielleicht weggehen, aber das dauerte noch. Bei Hofers konnte ich nicht mehr so oft mithelfen, weil ich in der Firma mehr leisten musste. In der Berufsschule bekam ich gute Noten und in der Firma wurde ich immer öfter eingesetzt. Im Lager musste ich Knöpfe nach Größe, Farbe und Material sortieren, die wurden dann nach Menge und Stückzahl gewogen. Danach wurden sie auf Knopfkarten mit Nadel und Faden aufgenäht, das sah richtig toll aus, wenn die dann in schöne kleine Kartons eingepackt wurden. Vorne am Karton kam noch ein Musterknopf drauf. Die vollen Kartons wurden in Regalen aufeinander gestapelt, bis sie dann irgendwann verkauft wurden. Diese Arbeit machte mir Spaß. Ich musste nach Zeit arbeiten, das hat mir aber nichts ausgemacht, denn ich war immer unter den schnellsten Lehrlingen.

Ich wollte am Ende des Monats ein paar Mark mehr Lohn haben, obwohl mir das eigentlich nichts brachte, denn meine Mutter verpaffte das Geld in Form von Zigaretten. Je mehr ich darüber nachdachte, desto zorniger wurde ich. Ab und zu schrieb ich einen Brief an Herbert und Onkel Alwin und schilderte ihnen, wie schlecht es uns in Weißbach ging. Sie konnten uns aber auch nicht helfen.

Tante Agnes in Bielefeld hatte es besser getroffen. Sie schrieb uns eines Tages einen Brief, dass sie die Adresse eines Bruders meines Vaters aus Plauen im Vogtland erfahren hätte. Dieser sei dort Dachdeckermeister. Meine Mutter war überrascht und schrieb ihm. Es stimmte, denn per Brief meldete sich mein Onkel Paul. Es dauerte nicht lange, da klopfte eines Samstags jemand an unser Kämmerlein, was ganz ungewöhnlich war: Paul. Die Freude war groß und er erzählte uns, wie er nach Plauen gekommen war. Er brachte uns auch eine Tasche voll Sachen mit. Es waren für mich zwei Blusen, zwei Pullover und für meine Mutter ein warmer Wintermantel dabei. Auch Essen war in der Tasche: Wurst, Mehl, Zucker und Marmelade. Onkel Paul und seine Frau blieben bis zum Abend und wir versprachen uns, Kontakt zu halten.

Erwachsenwerden

Es wurde noch mal fürchterlich kalt und es gab jede Menge Schnee. Wenn ich morgens zur Arbeit ging, versank ich manchmal bis zum Bauch im Schnee. Total ermattet kam ich in der Firma an und zog meine nassen Sachen aus, den alten Trainingsanzug an und den grauen Kittel drüber. Warmarbeiten hieß die Parole. Irgendwann würde es auch wieder Frühling werden. Das war für mich die schönste Jahreszeit. Ich dachte dann immer an Litauen zurück. Außerdem konnte ich ab April bei Hofers die Kühe hüten. Wenigstens am Wochenende, denn dann nahm ich meine Berufsschulhefte mit und lernte nebenbei. In freier Natur und an der frischen Luft machte das Spaß.

Aber ich merkte auch, dass meine Freizeit ständig weniger wurde und die Kindheit vorüber war. Ich war erwachsen geworden. Den von mir über alles geliebten Sport gab ich jedoch nicht auf. Jede Sportstunde nahm ich wahr, ob in Weißbach oder in der Berufsschule. Unser Übungsleiter erzählte uns von einer großen Sportschau der Jugend, die in Leipzig durchgeführt werden sollte. Wer Lust hatte, konnte sich für gymnastische Übungen anmelden, die dann im Stadion aufgeführt werden sollten. Wir waren alle begeistert.

In der Firma wurde uns in der Zwischenzeit mitgeteilt, dass wir zwischen April und Mai einen Lehrlingsaustausch mit unserer Partnerschaftsfirma Musik-Kultur, ehemals Hohner-Musikinstrumente Klingenthal, machen würden und dort 14 Tage in Privatunterkünften oder im Hotel bleiben würden. Ich war hingerissen. Unsere Firma trug die Kosten für alles. Nur für uns selbst müssten wir etwas Geld mitnehmen. Ich hatte keines, dafür aber eine Idee: Ich ging zum Bürgermeister Henkel und erklärte ihm mein Problem. Er gab mir zehn Mark und ich war überglücklich. Er wollte sie nicht mal wiederhaben. Ich schämte mich fürchterlich. Er meinte aber nur: „Wer hat Euch nur so bestraft, dass Ihr beide so arm seid? Leg es gut weg, Ulla, damit Deine Mutter es nicht für Zigaretten wegnimmt." Es hatte sich scheinbar herumgesprochen, dass meine Mutter nicht arbeiten ging.

Nun kam die Vorbereitung auf das große Sportfest. Jede Woche fuhren wir zum Üben. Am Ende wurden immer nur die Besten ausgesucht, die anderen brauchten nicht wieder mitzukommen. Aus unserer Gruppe von Weißbach blieb am Ende nur eine Handvoll Jugendliche übrig. Inge und ich waren auch dabei. Wir freuten uns riesig. Weil ich Ende April von der Lehre aus nach Klingenthal fahren wollte, stellte ich beim Hauptübungsleiter einen Antrag auf Freistellung für 14 Tage. Der wurde auch genehmigt.

Klingenthal lag in einer sehr schönen Landschaft, die noch mit Schnee bedeckt war. Es war sehr kalt. Die Stadt war hübsch verschneit und ich dachte, dass ich hier auch gerne wohnen würde. Überall erklang Musik, denn die Leute, die bei der Musikinstrumenten-Firma arbeiteten, hatten alle selbst Instrumente. Wir waren begeistert. In der Firma wurden wir ganz freundlich aufgenommen.

Eine Akkordeongruppe spielte uns zu Ehren ein paar schöne Volkslieder vor. Es gab Stimmräume, wo alle Instrumente eingestimmt wurden. Von der Gitarre bis hin zur Flöte, alles war da. Die Leute, die für uns zuständig waren, führten uns durch den ganzen Betrieb. Wir waren erstaunt, so viel Neues zu sehen. Am liebsten hielten wir uns da auf, wo Musik gemacht wurde, in den Übungsräumen. Wir waren alle im Hotel untergebracht, wo wir gut verpflegt wurden. Am Abend hatten wir frei und gingen mit unseren Lehrmeistern auch mal in eine Gaststätte. Wir machten in den Straßen Schneeballschlachten und seiften uns gegenseitig ein. Es wurde auch ein Musikabend für uns und die Betriebsangehörigen ausgerichtet. Das gefiel mir alles.

Die Lauflokomotive

Als ich zurück war, musste ich im Sport einiges nachholen. Bald stand die gesamte Mannschaft für das Leipziger Sportfest. Die Aufregung wurde immer größer.

Dann kam der Tag, an dem es im Zug nach Leipzig ging. Dort angekommen, wurden wir in Quartiere eingeteilt. Die Weißbacher Gruppe kam in einem Mehrfamilienhaus auf dem Dachboden unter, der mit Strohsäcken ausgelegt war. Verpflegt wurden wir wie in Berlin beim Deutschlandtreffen. Jeden Morgen marschierten wir ins Bruno-Plache-Stadion zum Üben. Wir waren nur Mädchen, aus allen Ecken erschienen sie. Im Stadion war alles eingezeichnet, so dass jede ihren Platz kannte. Dann hatten wir Generalprobe und es klappte alles wunderbar. Wir freuten uns schon auf den Einmarsch. Alle hatten ganz neue blaue Gymnastikanzüge an, das sah sehr schön aus. Als wir ins Stadion kamen, brach Beifall von den Tribünen los und unsere Freude war grenzenlos. Es war ein tolles Gefühl! Es waren schöne Tage in Leipzig, die ich nicht vergessen werde. Wir sahen Walter Ulbricht und Erich Honecker, aber am wichtigsten war Emil Zatopek, die so genannte Lauflokomotive. Er erschien mit seiner Frau Maria, einer ganz berühmten Speerwerferin. Das waren wirkliche Vorbilder für uns.

In der Freizeit durften wir uns die Stadt ansehen. Wir besichtigten den größten Sackbahnhof von Deutschland, auch zum Völkerschlachtdenkmal gingen wir. Wir konnten es kaum fassen, so ein gigantisches Bauwerk vor uns zu haben. Immer wieder musste ich dabei an unser schönes Königsberg denken, das so in Schutt und Asche gelegt worden war. Das machte mich traurig.

Der Gedanke an den Sport ließ mich nicht mehr los. Wenn es die Zeit zuließ, ging ich allein zum Sportplatz und trainierte.

Zwischen Hitler und Stalin

In der Firma wurden wir Lehrlinge viel in der Produktion eingeteilt. Ich rackerte, so viel ich nur konnte, um immer über 100 Prozent zu erreichen. Die Frauen in der Produktion meckerten oft, weil ich ihnen die Akkordsätze kaputtmachen würde. Ich habe es aber aus der Not heraus gemacht, damit mir die Prämie sicher war. Ich brauchte doch das Geld.

In der Berufsschule wurden am Ende der Ausbildung viel mehr Arbeiten geschrieben, aber da kam ich ganz gut mit. Dass meine Zensuren gut ausfielen, hieß, dass sich die Mühe für mich gelohnt hatte. In Gegenwartskunde beschäftigten wir uns des Öfteren mit Amerika und dem Kapitalismus. Da ging es hoch her, denn vom Kapitalismus wollte natürlich in der Stalinzeit keiner was wissen. Unser Lehrer Albrecht sagte: „Es wird eines Tages so kommen, dass sich der Kapitalismus an seinem eigenen Reichtum zerfleischt, so wahr ich hier stehe."

Dann ging ich zu Inge, erzählte ihr alles und sie sagte: „Ulla, jetzt überlegen wir beide mal, was Kapitalismus ist." Dann fingen wir in unserem Dorf an. Es gab Leute, die mussten beim Bauern arbeiten, um zu überleben, dann gab es hier ein Gut, deren Besitzer noch mehr als die Bauern hatten, und Firmeninhaber hatten mehr als die Handwerkerstätten. Und dann ging es immer höher, bis zum Beispiel in der DDR der Staat alles hatte. Also war es doch Staatskapitalismus, oder? Inge meinte: „Mensch, Ulla, wie hast du das rausbekommen?" Ich hatte einfach bei mir selber angefangen, denn ich besaß gar nichts, noch nicht mal ein eigenes Bett.

Wir gingen zu Inges Mutter und erzählten ihr unsere Theorie und sie lachte darüber. Es kamen noch viele solcher Themen und ich habe mir meine eigenen Gedanken gemacht.

Eines Tages gab es den Spruch ‚Butter statt Kanonen' für das Volk. Das konnte ich mal vorbehaltlos unterstützen, denn Butter gab es nur auf Marken für jeden zugeteilt, weil alles nach Russland ging. Von Eiern bis Heu für die Kühe, es ging alles weg. Nur mit Parolen konnte man ein Land nicht aufbauen.

Überall in der DDR sah man Stalinbilder, in jeder öffentlichen Einrichtung – Schulen, Firmen, Kaufläden, Gaststätten, Kindergärten. Stalin war allgegenwärtig und nicht wegzudenken. Da hatten wir gerade das mit den Hitlerbildern hinter uns gebracht, und nun? So kann es mit hochgefeierten Staatsmännern enden.

Aber langsam begann man jetzt Ordnung im Staat zu spüren. Die Jugendlichen und Kinder gingen meist begeistert zur FDJ und den Pionieren, aber die Erwachsenen wollten sich weniger politisch betätigen. Ich unterhielt mich zum Beispiel mit meiner Mutter, aber die sagte nur: „Da will ich nichts von wissen."

In den Städten wurden nun zunehmend unschöne Betonbauten errichtet, Hauptsache, die Menschen kamen irgendwo unter. Und in den Geschäften wurde es immer leerer. So kam es, dass immer mehr Ware gegen Ware getauscht wurde. Meine Hoffnung auf eine bessere Zeit ging mehr und mehr verloren. Das kam oft durch persönliche Wehmut bei mir zum Ausdruck. Ich dachte viel an die schlimme Zeit in Königsberg und Litauen. Meine Mutter war kaum ansprechbar. Nun wusste ich überhaupt nicht mehr, an wen ich mich anlehnen konnte. Trost fand ich aber immer bei Inge und Frau Bachmann.

Bau auf, bau auf, bau auf

Am Ende des Sommers begann die Erntezeit. Wir warteten, bis die maschinelle Getreideernte zu Ende war, und dann wurden auf den abgeernteten Felder Ähren gesammelt. Dazu hatten wir kleine Leinenbeutel, die wir vollstopften. Es waren natürlich einige Leute auf der Suche nach Ähren, deshalb gab es öfters mal Rangeleien und Beschimpfungen. Zu Hause wurden die Ähren durch die Hände auf ein Sieb gerieben, dann wurden die Spelzen vom Wind weggepustet und im Sieb blieben die Körner zurück. Wenn sie angetrocknet waren, konnte man sie durch die Hand-Kaffeemühle drehen. So hatten wir etwas Mehl für eine einfache Mehlsuppe mit Wasser und Salz, die so genannte Klunkersuppe. Die schmeckte genauso wie die Zoselsuppe von Kartoffeln. Wir waren jedoch froh, sie überhaupt zu haben.

Die Sachen, die ich am Körper trug, wurden auch immer unansehnlicher. Ich konnte mir aber kaum was Neues kaufen. Einmal sah ich in Schmölln Stoffe. Es war ein fliederfarbener dabei. Ich fragte nach dem Preis pro Meter, ließ mir den Stoff für ein Kleid weglegen und holte ihn anderntags ab. Meine Mutter schimpfte, aber unsere Schneiderin im Dorf nähte mir ein schönes Kleid davon. Sie sagte: „Ulla, du brauchst nur die Hälfte bezahlen." Ich war überglücklich. Da ich nun so ein schönes Kleid hatte, wollte ich gern mal wieder mit Inge zum Tanzen gehen.

Im Herbst wurden wir zur Kartoffelernte eingesetzt. Wir wurden mit LKWs von der Berufsschule abgeholt und dann ging es raus auf die Felder. Es konnte regnen und kalt sein, das war egal, jeder musste mit. Hinterher sahen wir aus wie die Schweine. Das war jedes Mal ein

Gräuel für uns alle in der Klasse. Wer die Anordnung für die Einsätze auf den Feldern gab, haben wir nicht erfahren. Die Unterrichtsstunden fehlten uns jedenfalls.

Je kälter es wurde, desto deutlicher wurde auch wieder das Problem mit dem Brennmaterial. Manchmal ging ich heulend durch die Gegend und war total am Ende. Warum musste ich das nur ertragen? Oft kam mir der Gedanke, ob es vielleicht besser gewesen wäre, wenn ich auch in Königsberg verhungert wäre wie meine Geschwister und alle anderen Verwandten. Ich wünschte mir, dass mein Vater hier sein könnte, dann hätten wir einen Beschützer. Nun lag aber alles in meinen Händen. Mutter lebte so dahin. Ich musste durchhalten.

Im Winter fanden wieder die Zirkelabende von der FDJ statt. Aber die meisten Dinge dort berührten mich überhaupt nicht, so zum Beispiel Marx und Engels, Liebknecht und Luxemburg, Lenin und Stalin. Ich hatte andere Sorgen: Wie überleben wir das alles, war meine wichtigste Frage.

Von mir wollten die Anderen oft wissen, was ich in Königsberg und Litauen erlebt hatte. Manchmal habe ich gesagt, dass ich nicht immer darüber sprechen kann, weil all die furchtbaren Erinnerungen wieder in mir hochkamen und ich alles nachts wiedererlebte. Aber ich schwieg auch aus einem anderen Grund: Es war offiziell verboten, über ‚Flüchtlinge‘, ‚Heimatvertriebene‘ oder gar ‚Wolfskinder‘ zu sprechen. Der Staat bezeichnete uns als ‚Übersiedler‘ und betonte, dass wir freiwillig in die DDR gekommen seien.

Ansonsten bin ich aber zu den FDJ-Abenden gerne hingegangen, weil die Dorfjugend zusammenkam. Wenn Charlotte ihre Gitarre mitbrachte, übten wir schöne Lieder ein, Volkslieder oder FDJ-Lieder. Unser

FDJ-Leiter König brachte die Texte mit. Manchmal verstand ich den Sinn nicht, zum Beispiel: „Bau auf, bau auf, bau auf, bau auf, Freie Deutsche Jugend, bau auf, für eine bessere Zukunft bauen wir die Heimat auf. Kein Zwang und kein Drill, nur der eigne Will erfüllt für jeden die Tat." So war das doch gar nicht. Da gefielen mir die schönen Volkslieder besser.

Ich nahm dann auch bei meiner Firma am Jugendchor teil. Es machte mir Spaß dort mitzusingen. Die FDJ-Lieder erinnerten mich oft an Lieder aus Königsberg, von der Hitlerjugend. Sie hörten sich fast genauso an, nur waren es andere Texte. Die Jugend ließ sich sehr leicht umkrempeln. Das Eine war noch nicht vergessen, da war schon die nächste Begeisterung da und alle machten mit.

Auch für die Erwachsenen gab es neue Verpflichtungen. Freie Aufbaustunden beispielsweise, in denen es darum ging, kostenlos etwas neu zu errichten. So kann man ein Land aufbauen, aber lange würden sich die Menschen das nicht gefallen lassen, wenn es ihnen nicht besser ginge. Wir Jugendlichen in der Berufschule hatten die ewigen Ernteeinsätze jedenfalls bald satt.

In der Berufsschule wurde uns eingeimpft, Freundschaft mit der friedliebenden Sowjetunion zu halten. Wie sollte das gehen bei meiner Geschichte? Der Lehrer konnte mir hierzu keine Antwort geben.

Zwei Florentiner

Vor Weihnachten 1951 wartete ich ungeduldig auf ein Päckchen von Tante Agnes. Der Postbote brachte uns die gute Nachricht. Auch dieses Mal war der Karton aufgerissen und kontrolliert worden. Es war ein Jammer, wie alles durcheinander geschmissen und dadurch manches kaputt war. Aber ich konnte mich nirgendwo beklagen. Es waren schöne Kekse, Bohnenkaffee, Schokolade und ein paar leckere Bonbons drin. Das Zeug, das sie im Gegensatz dazu in unserem Laden verkauften, nannte sich Fondant-Bonbons, das war nur gefärbter Zucker, furchtbare Dinger!

Am Heiligabend wollten wir es uns mit Frau Bachmann und ihren Kindern gemütlich machen. Wir hatten sogar das Glück gehabt, uns in Schmölln beim Kohlenhändler einen Sack voll Briketts abholen zu dürfen. So saßen wir in der warmen Stube. Vielleicht würde Frau Bachmann wieder einen kleinen selbstgebackenen Kuchen mitbringen? Geschenke gab es nicht. Wir waren froh, dass es ein so besonderer Tag war. Wärme und Essen, das waren die höchsten Werte. Zum Weihnachtsfest sang Frau Bachmann mit ihrer Tochter Elfriede das Lied „Wenn bei Capri im Meer die Sonne versinkt". Das hörte sich toll an, es wurde schnell mein Lieblingslied.

Zum Jahreswechsel fand wieder mal ein Ball im Gasthaus Hoffmann statt, da wollten wir Jugendlichen mal unser Können unter Beweis stellen. Die Mädels hatten fleißig bei den Zirkelabenden das Tanzen geübt, aber unsere Jungens waren zu faul dafür gewesen. Deshalb wollten wir es ihnen hier auf dem Tanzsaal beibringen. Sie waren sehr tollpatschig und haben mehr auf unseren Füßen rumgetrampelt als getanzt. Aber wir gaben nicht auf, bis sie es einigermaßen begriffen. Um 22 Uhr wurden wir alle nach Hause geschickt. Ich ging noch mit zu Inge, um mit der Familie ins neue Jahr reinzufeiern.

Danach lief ich zu meiner Mutter. Sie schimpfte fürchterlich mit mir, denn sie dachte, ich hätte mich mit irgendeinem Jungen in der Ecke herumgedrückt. Das kam aber für mich überhaupt nicht in Frage. Die Gräueltaten, die ich in Königsberg als Kind erlebt habe, saßen so tief in meiner Seele, dass ich bei jeder Annäherung die Panik bekam. Ich verkroch mich ins Bett und heulte. Das war mein Jahreswechsel, ich habe es auch überlebt.

Das folgende Jahr 1952 war für mich wie die anderen davor, ich ging weiterhin bei Familie Hofer auf dem Feld in meiner knappen Freizeit mithelfen, dass ich etwas Essbares bekam. Meine Mutter blieb weiter zu Hause. Ich glaube, sie hatte keinen Mut für irgendetwas. Meine Freundin Inge war mein Kummerkasten, wenn ich Sorgen und Nöte hatte, sie war immer für mich da. Das Zusammentreffen an den FDJ-Abenden der Jugendlichen gab für mich etwas Abwechslung zum jämmerlichen Elend, was ich immer noch hatte.

Im Sommer nach der Ernte ging ich auf abgeerntete Felder Weizenähren sammeln, und da war ich nicht die Einzige. Auch andere Leute, die aus dem Osten stammten, taten es. Jeder wollte was in die Beutel haben, und im Herbst ging ich zum Kartoffelstoppeln. Mit einer Farke in der Hand wurde in der Erde nach Resten von Kartoffeln gebuddelt. Die Not war auch da noch vorhanden bei Menschen, die nichts hatten.

Das Jahr ging wieder mal dem Ende zu, und ich sah jetzt mit meiner kommenden Prüfung einen kleinen Lichtblick in meinem Leben. Also kniete ich mich mit ganzer Kraft in meine Arbeiten in Berufsschule und Lehrwerkstatt. In der Firma – mittlerweile erneut umbenannt, diesmal in VVB Musik-Kultur Plauen, Knopffabrik Schmölln – kamen wir Lehrlinge wieder in die Produktion. Ich bemerkte, dass die fest angestellten Leute immer unzufriedener wurden. Sie wollten mehr Lohn für ihre Arbeitsleistung und deshalb diese Unruhe. Uns gegenüber waren die Leute sehr vorsichtig.

Am 14. März sollte unsere Abschlussprüfung sein. Davor gab es schon mündliche Prüfungen in einigen Fächern, dann die praktische und als Letztes alles Schriftliche. Die Zeit davor war unruhig, denn Stalin, dieser Machtmensch, war verstorben und überall war offiziell tiefe Trauer angesagt. Ich dachte ganz anders und meinte zu meiner Mutter: „Wie gut, dass dieser Mensch weg ist. Der hat so viel Leid über uns gebracht, es ist nicht wieder gutzumachen." Doch auf dem Marktplatz wurde ein riesengroßes Bild von ihm aufgestellt, mit Kranz und Blumen davor.

Und was war mit all unseren Leuten in der Familie gewesen? Nicht ein Einziger wurde da ordentlich beerdigt. Wir wussten noch nicht mal, wo sie alle geblieben und wo die Toten verscharrt waren!

Aber ich durfte mich nicht ärgern, ich brauchte meine Konzentration für die Prüfung. Ich hatte ein gutes Gefühl und war auch nicht aufgeregt. Einige Zeit später kamen die Ergebnisse, und ich hatte nun endlich mein erstes großes Zeugnis in der Hand. Es war gut ausgefallen und ich war ein wenig stolz, es geschafft zu haben. Hoffentlich würde es mir im Leben helfen!

Mit dem Zeugnis in der Tasche schlenderte ich durch Schmölln und gönnte mir etwas Besonderes: Ich ging in ein HO-Geschäft und kaufte mir zwei Florentinerecken, so glücklich war ich über die bestandene Prüfung.

Nun war ich wieder ein bisschen erwachsener.

Wie ein Donnerschlag

Zu Hause bei meiner Mutter zeigte ich freudig mein Zeugnis und sie meinte zu mir: „Na, jetzt kannst Du erstmal Geld verdienen." „Wieso, Mutti", antwortete ich verwundert, „ich habe doch die ganze Zeit über für uns zwei das Geld verdient?" „Na, das war ja nicht viel", kam es zurück. Mich traf es wie ein Donnerschlag.

Wir fanden in der folgenden Zeit immer weniger zueinander. Das machte mich fast krank. Ich konnte nicht verstehen, was mit meiner Mutter los war, und schrieb in meiner Not an Herbert einen Brief. Die Antwort war ernüchternd: Er könne mir nicht helfen, wolle mit Mutti nichts mehr zu tun haben und ich müsse es allein meistern.

Ich sprach auch mit Inge über meine Probleme und kam zu dem Entschluss, mich von meiner Mutter vorerst zu trennen. Ich wurde im April 17 Jahre alt und wollte in einen Haushalt nach Schmölln zum Arbeiten gehen. Es gab schließlich keine Wohnungen für junge Leute, die sollten gefälligst bei ihren Eltern leben. Aber eine Anstellung mit Logis war eine Möglichkeit. Sicher hätte ich allein zurechtkommen können, aber es durfte nicht sein. Ich machte mir natürlich Gedanken, was aus meiner Mutter jetzt werden würde, da sie ja kein Geld verdiente. Aber daran durfte ich nicht denken, sonst käme ich nie weg.

Ich hörte von einer Arbeitskollegin, in der Konditorei Hoppe am Marktplatz suchten sie jemanden für Küche und Haushalt. Ich überlegte nicht lange und fragte dort an. Ich erzählte ihnen, dass ich gerade meine Prüfung als Knopfmacherin abgeschlossen hätte. Frau Hoppe, die aussah wie eine schöne Spanierin mit schwarzen, als Knoten zusammengehaltenen Haaren, machte einen guten Eindruck auf mich. Sie hatte etwas Mütterliches an sich, sprach mit mir über die Bedingungen der Anstellung, fragte, wann ich denn anfangen wolle, und erklärte mir, was ich machen müsste. Wir verblieben so, dass ich mich bis zum nächsten Tag entscheiden sollte. Meine Mutter erfuhr am Abend von meinen Plänen. Zuvor ging ich noch zu Frau Bachmann, um mir einen Rat zu holen. Sie meinte, genau wie Inge: „Ulla, mach das, sonst geht Deine Mutter nie arbeiten. Ich muss ja auch für meine drei Kinder sorgen, mir gibt keiner was. Ich begreife sowieso nicht, was in Deiner Mutter vorgeht." Als ich meiner Mutter derart gestärkt mitteilte, dass ich nach Schmölln in einen Haushalt gehen würde, antwortete sie nur: „Dann geh doch, Ulla, Du bist alt genug und musst wissen, was Du machst."

Ich glaube, ihr war das alles egal.

Am nächsten Tag erschien ich bei Hoppes, um mich anzumelden. In meiner Firma reichte ich die Kündigung ein. Das fiel mir sehr schwer, denn jetzt, wo ich Gesellin war, hätte ich ja die Möglichkeit gehabt, auch etwas besser zu verdienen. Mein Betriebsleiter war ganz erstaunt über mein Vorhaben, doch als ich ihm kurz die Situation mit meiner Mutter schilderte, hatte er Verständnis. Er wünschte mir noch alles Gute für meinen weiteren Lebensweg.

Im Haushalt der Hoppes lebten zwei Kinder im schulpflichtigen Alter – ein Mädchen und ein Junge –, eine Schwester von Herrn Hoppe, zwei Verkäuferinnen und mehrere Gesellen aus der Backstube. So kam auf mich eine Menge Arbeit zu, aber ich hatte keine Bedenken. Schließlich war ich überall zurechtgekommen und deshalb würde es auch hier klappen.

Frau Hoppe zeigte mir mein Zimmer unterm Dach. Es war eine Kammer mit zwei Betten, einem Kleiderschrank, einem kleinen Tisch, zwei Stühlen sowie einem kleinen Waschbecken mit kaltem Wasser. Die größte Freude war für mich, ein Bett für mich selbst zu haben. Ich konnte meinen Körper lang ausstrecken, das war vielleicht was. Und regelmäßiges Essen gab es auch.

Dann wurde ich in die Arbeit eingewiesen. Als Erstes musste ich Herrn Hoppes Schwester in der Küche helfen. Im Raum stand ein riesengroßer Kochherd, der mit Briketts beheizt wurde. Ich war dafür verantwortlich, diese jeden Tag aus dem Keller hochzuholen. Vormittags lief ich fast jeden Tag mit einer Thermoskanne in das HO-Café am Markt, um für Frau Hoppe eine Kanne Kaffee zu holen. Die Konditorei hatte selbst keinen Bohnenkaffee und bekam auch keinen. Außerdem sollte ich sämtliche Zimmer im Haus – es waren zwei Etagen plus Dachkammern, die Backstube mit Nebenräumen und die Gaststube sowie der kleine Verkaufsladen – saubermachen. Abends fiel ich immer total müde ins Bett. Aber ich kämpfte mich jeden Tag aufs Neue durch.

Sonntagnachmittags hatte ich frei, doch meist wollte ich nur noch schlafen. Im Sommer wurde aber selbst sonntags verkauft, denn dann betrieb man im Café eine kleine Eisdiele und der mobile Eiswagen kam noch dazu. Für den Verkauf bekam ich ein kleines weißes Spitzenschürzchen von Frau Hoppe umgebunden, denn alles musste ganz exakt sitzen. Mit großen Milchkannen holte ich mir die angerührte Masse aus der Backstube und schüttete sie in die Eismaschine. Das Eis herzustellen und zu verkaufen hat mir großen Spaß gemacht, und es war so eine schöne bunte Eismaschine.

Ab und an hielten die Leute auch mal eine Feier in der schönen Caféstube ab. Das waren meistens Leute, die noch eigenen Besitz hatten, Bauern zum Beispiel. Das funktionierte dann so, dass die zukünftigen Gäste alle Zutaten bei unserem Meister ablieferten, damit er daraus die Torten, Kuchen und Eisbomben herstellen konnte. Schließlich gab es die meisten Waren nur auf Zuteilung.

Wenn ich meine Mutter in Weißbach besuchte, erbettelte ich mir manchmal von Frau Hoppe ein paar Kekse und nahm in meiner kleinen Tasche heimlich einige Briketts mit. Mutter freute sich riesig darüber und legte die Briketts beiseite, um einen Vorrat für die kalte Jahreszeit zu schaffen.

Nachdem ich mich so langsam dort eingearbeitet hatte, fielen mir jedoch auch negative Seiten auf: Ich musste fast jeden Abend die große Backstube saubermachen. Die vielen schweren Töpfe, Formen, Backbretter und Anrührmaschinen wurden mir allmählich zur Qual, aber ich hatte keine Wahl. Manches Mal schlich ich mich in die Vorratskammer, in der die ganzen Keksdosen standen und die Pralinen aufbewahrt wurden. Ich lud mir einen Teller voll und abends im Bett genoss ich die Leckereien. So etwas Feines hatte ich vorher nie gehabt.

Zeit für meinen geliebten Sport hatte ich fast überhaupt nicht mehr. Nur alle paar Wochen ging ich nach Weißbach zum Training. Das vermisste ich sehr, aber ich nahm es hin.

Aufruhr

Als ich mal ein paar Jugendliche, die ich von der Lehre kannte, in Schmölln auf dem Marktplatz traf, sagten sie zu mir: „Ulla, bei uns in der Firma, da sind die Leute ganz aufgebracht und tuscheln immer." Unruhe läge in der Stadt und im ganzen Land. Mir fiel wieder ein, dass ich das am Ende der Lehrzeit ja ebenfalls bei unseren Leuten bemerkt, es aber wieder verdrängt hatte.

Als ich das nächste Mal in Weißbach war, berichtete ich Inge davon. Sie meinte, auch in ihrer Firma, einer Schuhfabrik, ginge es so zu, aber alles würde ganz geheimnisvoll behandelt. Irgendwie kam bei uns ein beklemmendes Gefühl auf, aber wir konnten uns keinen Reim darauf machen.

Es sollte aber nicht lange verborgen bleiben: Am 17. Juni 1953 frühmorgens begann der Aufruhr in der Stadt. Die Straßen füllten sich mit Menschenmassen, alle versammelten sich auf dem Marktplatz. Eine aufrührerische Gruppe holte die Mitarbeiter aus allen Betrieben. Da wir ganz in der Nähe vom Marktplatz das Café hatten, hielt es auch unsere Leute aus dem Laden und der Backstube nicht und sie gesellten sich zu der Menschenmenge. Ich hatte große Angst und traute mich nicht auf die Straße. Ich fragte Frau Hoppe, was da überhaupt los sei, worauf sie meinte: „Ulla, das ist ein Aufstand vom Volk gegen die Regierung." Da wurde mir plötzlich klar, warum die Leute vor Monaten in der Knopffabrik über schlechte Löhne für viel Arbeit geschimpft hatten.

Dicht gedrängt standen die Menschen in der Schmöllner Stadtmitte und riefen Parolen. In den Mittagsstunden stürmte eine große Gruppe Menschen, darunter auch viele Jugendliche, das Rathaus. Sie rissen die DDR-Fahne herunter und die Menge jubelte. Doch etwa um zwei Uhr nachmittags begann Geschrei. Aus Richtung Altenburg rollten mehrere russische Panzer heran. Es war ein Hasten und Rennen, denn jeder suchte in einem Haus oder einer der Nebenstraßen Schutz. Die Russen sprangen von ihren Gefährten, hielten ihre Gewehre hoch und gaben Warnschüsse in die Luft ab. Die Menschen schrien vor Angst, und die meisten liefen, so schnell sie konnten, davon. Die Russen und die

Kasernierte Volkspolizei nahmen viele Leute fest und führten sie ab. Keiner wusste, was mit denen passieren würde.

Ab 18 Uhr herrschte Ausgangsverbot. Niemand ohne Sondergenehmigung durfte sich, ob zur Arbeit oder woandershin, auf den Straßen bewegen. Alles wurde überwacht. Ich konnte nicht mal mehr zu meiner Mutter nach Weißbach. Erst nach fünf Tagen sollte ich sie wiedersehen.

Herrn Hoppe, den Konditormeister, hatten irgendwelche Leute in der ersten Woche nach dem Aufstand eines Nachts weggeholt. Niemand aus der Familie wusste, wohin er gebracht worden war. Er kehrte zurück, aber wir erfuhren nicht, was geschehen war. Frau Hoppe wurde sehr traurig und verschlossen. Ich machte mir große Sorgen über meine Zukunft hier in Schmölln. Die ganze Situation in der Stadt war plötzlich anders. Bei meiner Mutter überlegte ich, ob wir wohl wieder einen Krieg erleben müssten. Ich dachte, das würde ich nicht mehr durchhalten. Sie meinte: „Ulla, ich weiß auch nicht, was kommt. Uns geht es immer schlechter anstatt besser. Was sollen wir bloß machen?"

Erneut gingen mir die Jahre meiner Kindheit durch den Kopf: Geschwister, die tot waren; ein Bruder, der noch lebte, aber nichts mehr von meiner Mutter wissen wollte; ein Vater, der nicht bei uns war. Aber: Das Leben nahm seinen Lauf.

Fluchtpläne

Bei Hoppes erhielt ich am Ende des Monats zusätzlich zu Unterkunft und Essen noch 25 Mark. Die Hälfte davon gab ich meiner Mutter zum Leben, für alles Andere musste sie sich bei den Bauern in Weißbach selbst Geld verdienen. Ich hatte nicht mehr, denn ich selber konnte mir von den paar Mark kaum was leisten. Im Café war Vera, eine junge Verkäuferin, beschäftigt, mit der ich mich ein wenig angefreundet hatte. Sie erzählte mir, dass sie Verwandte im Westen habe. Die sagte immer zu mir: „Irgendwann verändere ich mein Leben. Ich will doch nicht ewig in der Konditorei arbeiten." Ich fragte mich, ob sie übergeschnappt sei. So eine schöne Arbeit und nun wollte sie was Anderes machen.

Eines Tages kam Herr Hoppe und informierte uns, dass unsere tüchtige Verkäuferin in den Westen abgehauen sei, nach Osnabrück. Für mich bedeutete das, mein Zimmer zu teilen, denn die neue Verkäuferin war eine Frau aus Altenburg, die auch nicht immer nach Hause fuhr. Sie bekam das zweite Bett in meinem Zimmer zugewiesen und den Kleiderschrank teilten wir uns. Doch Veras Flucht hatte in mir einen Gedanken festgesetzt: Was die geschafft hat, das müsste mir doch auch gelingen?! Ich erzählte meiner Mutter davon, doch sie winkte nur ab.

Ich bemühte mich, wieder regelmäßig zu den Trainingsstunden nach Weißbach zu kommen. Eines Tages nahm mich der Trainer König beiseite und erzählte mir: „Ulla, wir haben Bescheid bekommen, dass wir jemanden zur Sportschule nach Leipzig schicken können. Da haben wir an Dich gedacht. Wie ist es, hast Du Lust, das zu machen?" Ich war ganz begeistert, doch wie sollte das gehen? Meine Mutter hatte kein Geld und ich auch nicht. Ich lehnte also ab. Aber Herr König meinte: „Du brauchst kein Geld, das bezahlt alles der Sportverband." Ich eierte ganz schön rum, denn das Geld war ja nicht das Hauptproblem – eigentlich wollte ich gar nicht in der DDR bleiben.

Ich beschloss, mir eine Arbeit zu suchen, wo ich mehr verdiene als bei Hoppes. Wenn ich genug hätte, könnten Mutter und ich zusammen in den Westen gehen. Ich erzählte ihr ehrlich, was ich vorhatte, aber sie sollte es für sich behalten. Ich ließ sie eine Weile nachdenken und schließlich erkannte sie selbst, dass ihre Chancen in Weißbach gering waren. Sie überlegte mit mir: „Ulla, ich komme mit. Hier habe ich nichts zu verlieren. Im Westen kann ich vielleicht meine Schwester Agnes wiedersehen." So stand unser Plan bald fest.

Bei Hoppes ließ ich mir natürlich nichts anmerken, sondern bat lediglich um ein paar Stunden Freistellung. In dieser Zeit ging ich zu mehreren Firmen und fragte, ob ich nicht eine Arbeitsstelle bekommen könnte. Im VEB Damenbekleidungswerk Gera, Werk IV – Schmölln erhielt ich als Näherin eine Stelle. Ab 5. Oktober 1953 sollte ich dort anfangen. Nun musste ich also bei Hoppes die Kündigung einreichen. Sie konnten gar nicht fassen, dass ich sie verlassen wollte und fragten mich, ob es mir bei ihnen nicht gefallen hätte? Ich begründete meinen Schritt damit, dass ich die Arbeit körperlich nicht mehr schaffen würde.

Fast wäre mein Plan des Stellenwechsels noch gescheitert. Als ich nämlich eines Tages in den Keller ging, um Briketts zu holen, fiel ich die Treppe hinunter, schlug mir den Kopf auf und blieb bewusstlos liegen. Zwei Tage lag ich in meinem Zimmer, ohne dass jemand einen Arzt holte. Das hätte schlimm ausgehen können. Kaum konnte ich wieder stehen, wurden mir schwere Arbeiten zugeteilt. An meinem letzten Tag gab mir Herr

Hoppe den restlichen Lohn und die Papiere mit einem Zeugnis.

Im Betrieb ging es gleich am ersten Tag an die Nähmaschine. Das war für mich Neuland, alles ging elektrisch und rasend schnell. Schon nach ein paar Tagen konnte ich aber schöne, gerade Nähte machen und in der dritten Woche saß ich bereits mit anderen Frauen am Fließband. Natürlich wollte ich das nicht bis in die Ewigkeit machen, denn ich träumte vom Westen.

Mit meiner Mutter klügelte ich einen Fluchtplan aus. Als Erstes musste ich das Geld für die Fahrkarten verdienen. Dann wollten wir zunächst nach Berlin fahren, von dort aus nach Westberlin gelangen und dann zu Onkel Alwin, Tante Herta und Herbert gehen. Sie würden uns bestimmt weiterhelfen. Wir hatten uns vorgenommen, Weißbach vor dem Wintereinbruch für immer zu verlassen. Ich versuchte zum Monatsende im Personalbüro einen Vorschuss von 150 Mark zu erhalten, denn wir wollten in der ersten Novemberwoche in Richtung Berlin aufbrechen. Ich behauptete bei meiner Arbeit einfach, dass ich das Geld für einen Wintermantel benötigen würde – eine Notlüge. Man stimmte zu.

Schlimm war, dass ich mich bei niemandem verabschieden konnte. Nicht bei Inge und Frau Bachmann, nicht bei Trainer König. Andererseits hätte es schwere Konsequenzen gehabt, wenn herausgekommen wäre, dass wir das Land verlassen wollten.

Ins Ungewisse

Am Tag unserer Abreise ging ich noch arbeiten. In unserem kleinen Zimmer ließen wir alles stehen und liegen, wir nahmen nur unsere kleinen Taschen mit je einem Butterbrot für unterwegs sowie unseren Ausweisen, meinem Arbeitsbuch, dem Facharbeiterzeugnis und den Sozialausweisen mit. Es war mir alles ein bisschen unheimlich, die dunkle Nacht und alles Ungewisse um mich herum.

Ich dachte unwillkürlich an die Zeit zurück, als wir in Litauen im verplombten Zug in die Nacht hineinfuhren und nicht wussten, wohin es ging. Wir sagten kaum etwas. Jede von uns beiden hing ihren eigenen Gedanken nach. Wir sprachen auch nur das Notwendigste, denn wir konnten ja belauscht werden.

Als wir einige Stationen vor Berlin waren, kam neben der Fahrkartenkontrolle noch die Volkspolizei und erkundigte sich, wo wir hinwollten. Meine Mutter sagte: „Nach Berlin. Bis dahin haben wir auch die Fahrkarten gelöst." Aber sie wollten es noch genauer wissen und ich meinte schnell, dass wir eine Hochzeit in Prenzlauer Berg besuchen würden. Daraufhin gaben sie uns die Ausweise sowie Fahrkarten wieder und kontrollierten die anderen Fahrgäste.

Ungefähr um vier Uhr früh hielt der Zug im Bahnhof Friedrichstraße. Wir standen wie zwei verlorene Wesen auf dem Bahnsteig. So schnell wie möglich mussten wir nun die S-Bahn in Richtung Plötzensee finden. Egal, erst einmal nahmen wir den ersten Zug, der auf dem Bahnsteig hielt. Wir fragten einen Mitfahrer nach unserem Ziel und er erklärte uns, wo wir umsteigen mussten. Alles lief glatt.

Es war noch dunkel auf dem Wohnkahn und alle schliefen noch, nur der Hund von Herbert bellte aus seiner großen Hütte heraus. Plötzlich ging ein Fenster auf, das Licht an und Onkel Alwin guckte verschlafen, wer denn da sei. Uns hatte keiner vermutet. Der Strahl einer Taschenlampe traf uns und gleich darauf rief Alwin: „Mensch, wo kommt Ihr denn zu so früher Stunde her?" Plötzlich stand Herbert vor uns und Tante Herta und Mutter lagen sich in den Armen. Ich drückte Herbert an mich und war – zumindest für den Moment – der glücklichste Mensch auf Erden. Hoffentlich würden wir jetzt wieder eine richtige Familie werden.

In den nächsten Stunden erzählten wir uns von unserem Leben. Ganz nebenbei erfuhren wir von Onkel Alwin, dass sein Bruder Kurt jetzt auch in Berlin wohnen würde. Er sei aus der französischen Kriegsgefangenschaft entlassen worden. Meine Mutter war sehr erfreut, nun zwei Brüder um sich zu haben. Am nächsten Tag wollten wir Kurt gleich besuchen. Auch das wurde ein schönes Wiedersehen. Die größte Überraschung für uns war, als Kurt uns mitteilte, dass Harald, den wir in Königsberg bei uns aufgenommen hatten, mit in Berlin sei. Wir konnten nicht glauben, dass er noch lebte. Er war damals in Königsberg verschwunden, wie vom Erdboden verschluckt. Onkel Alwin, Tante Herta und Herbert gesellten sich zu unserer Runde und dann wurde erstmal auf unser Wiedersehen angestoßen.

An dem Abend saß eine kleine Familie, die mal eine große war, zusammen und ließ alles Schlechte um sich herum vergessen.

Schwarze Menschen

Zu später Stunde gingen wir mit Onkel Alwin, Tante Herta und Herbert zum Kahn zurück. Wir blieben noch ein paar Tage bei ihnen und dann erklärte Alwin meiner Mutter, dass wir jetzt ins Lager müssten, damit wir registriert würden und eine Unterkunft bekämen. Sie könnten uns nicht länger aufnehmen, weil ihnen das Geld fehle, uns mitzuernähren. Also mussten wir uns wieder trennen, um durchzukommen.

Am 16. November 1953 fuhren wir nach Marienfelde ins Aufnahmelager für Flüchtlinge aus der DDR. Als wir gegen Abend ankamen, trauten wir unseren Augen nicht. Die Menschen standen in Schlangen vor mehreren Gebäuden. Damit hatten wir nicht gerechnet. Wir stellten uns ebenfalls an und warteten fast bis Mitternacht, dann waren wir endlich dran. In den frühen Morgenstunden wurden wir dem Lager Berlin-Spandau am Askanierring zugewiesen. Dort angekommen, zeigte uns der Lagerleiter unseren Raum. Es war eher eine große Halle, die nur durch gespannte Tücher unterteilt war. Etwa 25 Frauen, junge Mädchen und alte Omas, die in Stockbetten schliefen, waren in je einem provisorischen Abteil untergebracht. So einen Lärm hatte ich bis jetzt noch nicht erlebt. Aber wir waren froh, ein Etagenbett aus Eisen zu haben und darin die Augen zumachen zu können, so kaputt waren wir.

Die Tage nach der Einweisung waren mit Anmeldungen bei verschiedensten Stellen und zahlreichen Untersuchungen – Ärztlicher Dienst, Sichtungsstelle, Zuständigkeitsprüfung, Fürsorgerischer Dienst, Polizei, Vorprüfung A, Vorprüfung B, Terminstelle, Schirmbildstelle des Wohnbezirkes, Aufnahmeausschuss, Ländereinweisung, Transportstelle, Lagereinweisung in die Bundesrepublik, Spendenstelle – ausgefüllt. Ich erhielt einen Parka, einen Pullover, eine Strickjacke, drei Röcke und drei Blusen. So viel Kleidung hatte ich in all den Jahren nicht besessen.

Die Männer waren getrennt von den Frauen untergebracht. Da durfte keine Familie zusammenbleiben. Es hatte alles seine Ordnung. Nachts kamen fast täglich Polizeiautos – so genannte Grüne Minnas – auf das große Gelände und suchten Spione. Es war sehr unheimlich. Jeder hatte vor jedem große Angst.

Nach ein paar Tagen mussten meine Mutter und ich zu den Vorprüfstellen A und B. Dort wurden wir von Engländern in Uniform einzeln verhört. Zuerst war meine Mutter an der Reihe, danach ich. Sie befragten uns, was wir für Gründe hätten, die DDR zu verlassen, und ob wir wüssten, wo sich russische Truppenverbände aufhielten. Wir erklärten, dass wir in der DDR kaum etwas zu essen und meine Mutter keine Arbeit hätte, es jedoch auch keine Kriegswitwenrente, Arbeitslosengeld oder Sozialfürsorge gäbe.

Im Lager hatten wir angegeben, dass wir zu meiner Tante nach Bielefeld wollten und warteten nun jeden Tag auf den Abreisebescheid von der Transportstelle. Während der Wartezeit fuhren wir des Öfteren zu meinen Onkeln und zu Herbert. Am liebsten hätte ich es gehabt, wenn Herbert uns begleitet hätte, doch er meinte: „Ich bleibe bei Onkel Alwin. Der ist wie ein Vater zu mir."

Meine Mutter stritt sich mit ihren Brüdern über das Kriegsdrama unserer Familie. Harald, Herbert und ich wussten überhaupt nicht, was da plötzlich los war. Es hatte doch jeder von uns ein schlimmes Schicksal gehabt, reichte das nicht, um zusammenzuhalten? Wir heulten wie die Schlosshunde, aber die Älteren waren nicht wieder zueinander zu bringen.

Wir mussten vor unserer Abreise noch zur Abschlussuntersuchung. Die Frauen wurden in Zehnergruppen aufgerufen. Dann sollten wir Ober- und Unterkörper freimachen. Wir schauten uns alle ganz scheu an und zogen uns aus. Mitten im Raum saß ein älterer Arzt mit einer großen Stablampe in der Hand und rief jede einzeln auf. Man wurde an den Armen und am Unterleib auf Filzläuse hin untersucht und im Hintergrund, nur durch eine halbhohe Stoffwand getrennt, standen fremde Männer und lachten vor sich hin. Es war eine Demütigung für uns. Fluchtartig verließen wir das Gebäude. Im Lager weinte ich erst einmal über so viel Gemeinheit.

Jeden Tag schauten wir auf die Abreisetafeln, doch unsere Namen erschienen nicht. Eines Tages beorderte man uns zur Transportstelle. Wir könnten nicht nach Bielefeld eingewiesen werden wegen Überfüllung der Wohnraummöglichkeiten. Sie sagten uns einen Aufenthalt im Raum Kempen/Krefeld am Niederrhein zu. Ich hatte weder je davon gehört, noch wusste ich, wo das lag.

Am 27. November 1953 bekamen wir den Abflugbescheid ohne genaues Datum. Die Flüchtlinge wurden alle per Flugzeug aus Berlin ausgeflogen, denn alle Landwege führten durch die DDR. Das wurde so gehandhabt, dass in normalen Linienmaschinen die freibleibenden Plätze durch Flüchtlinge besetzt wurden.

Mit der Zeit ging uns das Lagerleben auf die Nerven. Tag und Nacht mit so vielen Menschen zusammen zu sein war ganz furchtbar. Die Weihnachtsfeier war ein Lichtblick im Einerlei der Tage. Rotkreuzschwestern holten uns ab und führten uns in eine große Halle. Da standen riesige Tische, die wunderschön dekoriert waren. Kerzen brannten auf den Tischen und überall lagen Tannenzweige, die so schön dufteten. Wir durften uns einen Platz zum Sitzen aussuchen. Später kamen Soldaten in amerikanischer Uniform in die Halle, die uns etwas in ihrer für mich fremd klingenden Sprache vorsangen. Ich konnte mich aber nicht konzentrieren. Viel zu erschrocken war ich darüber, dass es Menschen gab, die eine schwarze Haut hatten. Das hatte ich vorher noch nicht gesehen. Es gab Kaffee, Tee, Kuchen und leckere Kekse. Am Weihnachtsbaum in der Mitte des Saales brannten rote Kerzen. Am Ende brachten die Soldaten große Körbe mit kleinen, hübsch eingepackten Päckchen. Jeder bekam eines und die Kinder noch ein Fünf-Mark-Stück dazu.

Auch im Abflugbereich verbrachten wir noch einige Tage. Vielleicht waren es die Strohsäcke, jedenfalls begann mir alles zu jucken. Ich ging zur Toilette und entdeckte an meinem Körper Wanzen. Die sahen genauso aus wie in Litauen. Ich bekam einen richtigen Ekel und weigerte mich, in den Saal zurückzugehen. Später kam eine Rotkreuzschwester und fragte, warum wir denn hier säßen. Ich sagte ihr: „Wegen der Wanzen!" Sie war genauso erschrocken wie wir und nahm uns mit auf das Flugplatzgelände. In der dortigen Rotkreuz-Baracke gab es einen Raum mit mehreren Etagenbetten mit rot-weiß-karierter Bettwäsche. Wir durften uns jeder ein Bett aussuchen. Ich nahm eines, wo ich vom Fenster aus alle Flugzeuge beim Landen und Starten beobachten konnte. Vor lauter Abenteuer tat ich kein Auge zu. Meine Mutter dagegen schlief fest.

Über und unter den Wolken

Am 31. Dezember 1953 flogen wir morgens um neun vom Flugplatz Tempelhof. Ich bekam einen Fensterplatz und war überglücklich, zu fliegen. Meine Mutter aber hatte große Angst und machte die Augen zu, als wir starteten. Als wir schon unterwegs waren, teilte man uns mit, dass wir nach Hamburg flögen. Keiner hatte uns das zuvor gesagt.

Wir wurden von einigen Rotkreuzschwestern erwartet. Mit dem Auto ging es in die alten Kasernen in Wandsbek. Von dort sollten wir per Zug nach Kempen/Krefeld fahren. Es war ein nebliger und stürmischer Tag. Von der Stadt konnten wir kaum was erkennen. In Hamburg-Wandsbek waren wir zwar wieder in einem Lager, aber wir wurden gut verpflegt und die hygienischen Verhältnisse waren besser als in Berlin. In der Nacht erlebten wir den ersten Orkan unseres Lebens. Ich hatte große Angst. Im Hafen gingen die Schiffssirenen los. Das war ein Jahresanfang!

Wir mussten uns dann bei der Registrierstelle anmelden, wo man uns sagte, dass es ein paar Wochen dauern würde bis zur Weiterfahrt nach Kempen/Krefeld. Wir waren überall nur auf der Durchreise. Wenn man eine Arbeit bekam, konnte man sich etwas Geld verdienen. Gern wurden die Flüchtlinge aus der DDR für wenig Geld angestellt. Bei den Beschäftigungen wurde hart gearbeitet, keine Freizeit, von morgens bis abends wurde einem alles abverlangt.

Für uns Frauen und Mädchen hieß das höchstens in Haushalte vermittelt zu werden. Zu mir kam einmal ein Ehepaar ins Zimmer und fragte, ob ich nicht Lust hätte, bei ihnen zu arbeiten. Da sie auf mich einen guten Eindruck machten, ließ ich mich überreden. Sie wohnten an der Außenalster in einer großen Villa. Außer den Eltern gab es vier Kinder und zwei Hunde, die mich zähnefletschend empfingen. Ich guckte mich nachdenklich um und überlegte blitzschnell, ob das geeignet war. Dann lehnte ich ab. Sie hatten Verständnis und fuhren mich ins Lager zurück. Meine Mutter war über meinen Entschluss nicht begeistert, denn sie wäre gerne in Hamburg geblieben, weil die Stadt Königsberg ähnelte: der Hafen, das Wasser. Es erschien ihr klar, dass ich das Geld verdienen würde. Für mich stand aber fest, dass ich etwas Anderes machen wollte.

Für uns Jugendliche hatte man im Lager einen Raum eingerichtet, wo man Tischtennis spielen konnte. Es gab auch Lesematerial und eine Musikbox, die man aber mit Geldeinwurf in Gang bringen musste. Da wir fast alle kein Geld hatten, konnten wir auch nichts hören. Letztlich begnügten wir uns mit Mensch-ärgere-dich-nicht, Dame oder Halma. Die Jungs spielten meistens Karten. Ich hatte mich mit zwei Mädchen ein wenig angefreundet, die neben uns im Raum waren. Mit ihnen ging ich oft in den Leseraum und dann stöberten wir die bunten Illustrierten durch.

Manchmal kamen Leute, die sprachen ein eigenartiges Deutsch. Es waren Hamburger Bürger, die etwas für die Leute spendeten – Lebensmittel und Kleidungsstücke. Sie unterhielten sich auf Plattdeutsch. Das war eine fremde Welt für mich.

Insgesamt ging es deutlich ruhiger und angenehmer als in Berlin zu. Für die älteren Frauen fand manchmal eine Kaffeestunde in der Kantine statt. Meine Mutter fuhr ab und zu in die Stadt, bummelte durch die Straßen und träumte von Königsberg. Eines Tages gab ihr das Rote Kreuz einen Gutschein für einen 10-Tages-

Aufenthalt in Hemmelmark bei Eckernförde. Sie sollte sich dort in einem ehemaligen Schloss, das jetzt Erholungsstätte war, von den Strapazen der Flucht erholen. Ich freute mich sehr für meine Mutter, aber sie wollte partout nicht. Also ging ich zum Roten Kreuz und fragte, ob ich für meine Mutter die Erholungsreise antreten könne. Sie willigten ein. Ich war überglücklich.

Bis zu meiner Abreise verbrachte ich eine schöne Zeit. Ich hatte eine ältere Frau im Duschraum kennengelernt. Sie war eine ganz lustige Person und unterhielt alle anwesenden Frauen und Mädchen bei der Morgentoilette. Darauf wurde im Lager streng geachtet, denn bei so vielen Menschen konnte schnell eine Krankheit ausbrechen. Diese nette Dame kam aus Dresden. Zusammen mit ihrem Mann wollte sie zu ihrer Tochter nach Amerika und wartete im Lager auf ihre Abfluggenehmigung. Ihre Tochter schickte aus Amerika immer Geld und einmal bekam ich von ihr fünf Mark geschenkt. Ich fühlte mich wie ein kleiner König mit dem Geld in der Hand. Dafür machte ich einige Erledigungen für sie in der Stadt. Meiner Mutter erzählte ich von dem Geld. Das hätte ich lieber bleiben gelassen.

Als die Erholungsreise begann, musste ich feststellen, dass ich das einzige junge Mädchen zwischen all den älteren Frauen war. Am Anfang war es ganz still, jeder hing seinen Gedanken nach. Dann ging die Fahrt durch Hamburg in Richtung Ostsee los. Nach einiger Zeit kamen wir an. Das Landhaus mit dem Schloss Hemmelmark war einsam und verlassen. Es war ein großer Park dabei und kalt war es. Das Wasser des Meeres war noch mit einer Eisfläche bedeckt. Dann aber betraten wir das schöne gemütliche Schloss und wurden von vielen jungen Mädchen empfangen, die für uns in einer großen Küche ein wunderbares Essen zubereitet hatten. Es waren evangelische Schwesternschülerinnen, die dort ausgebildet wurden. Nun bekamen wir unsere Zimmer zugeteilt, und ich hatte das große Glück, ein Einzelzimmer zu kriegen mit Blick aufs Wasser.

Die Schülerinnen sprachen immer vom Karneval in Köln, das kannte ich gar nicht. Dann kamen sie eines Morgens zum Frühstück und waren verkleidet. Wir saßen wie angewurzelt da und irgendwann lachten wir mit. Wir genossen es, in dieser Zeit verwöhnt zu werden. Am letzten Tag durften wir uns sogar ins Gästebuch des Hauses eintragen, das war für uns das Schönste. Dabei entdeckten wir beim Blättern, dass auch der englische Prinz Philip einmal hier gewesen war und als Geschenk ein schönes Modell-Schiff übergeben hatte, das in einer Glasvitrine stand.

Zurück im Lager merkte ich, wie sehr ich das alles über hatte. Ich wollte nur noch Ruhe. Mein Körper konnte die Belastung nicht mehr verkraften. Es musste doch für uns endlich eine endgültige Bleibe geben.

Im goldenen Westen

Im März 1954 bekamen wir die Fahrkarten nach Kempen/Krefeld ausgehändigt. Es war eine stundenlange Fahrt und am Spätmittag kamen wir in Kempen am Bahnhof an. Es war eine kleine Stadt und eine total andere Landschaft.

Wir wurden schon erwartet. Ein groß gewachsener Mann stand mit einem Auto da und begrüßte uns. Er sagte uns, er sei der Bürgermeister von Grefrath bei Kempen und wolle uns abholen. Wir fuhren los. Außerhalb der Ortschaft Grefrath stand ein länglicher Wohnblock, dahinter war der Sportplatz, daran grenzte eine Bretterbaracke. An dieser machte der Bürgermeister Halt und wir stiegen alle aus. Dann nahm er einen langen Schlüssel, schloss auf und forderte uns auf, einzutreten.

Wir standen wie versteinert vor dem Gebäude und machten keinen Schritt. Mich packte die Wut: „In diesem Saustall sollen wir wohnen?" Er wurde kreidebleich. Ich weinte. Das war nun der angeblich goldene Westen.

Es kam aber noch schlimmer. Wir gingen in die Baracke, etwas Anderes blieb uns kaum übrig und der Bürgermeister fuhr weg. Es gab zwei Räume, durch einen Bretterverschlag unterteilt. Im vorderen Raum stand ein wackeliger Tisch, dazu vier uralte Stühle, ein Feldbett, ein Kleiderschrank, ein elektrischer Zweiplattenkocher an zusammengeflickte Leitungen angeschlossen. Im hinteren Raum standen drei Feldbetten, eine kleine Kommode und es gab ein altes verrostetes viereckiges Waschbecken, dessen Ablauf unter dem Waschbecken undicht war. Durch die Bretter konnte man von drinnen nach draußen gucken, alles war undicht.

Wir sollten uns diesen Verschlag mit einem anderen Flüchtlingspaar teilen, einer Frau und einem Mann. Stumm blickten wir zu Boden, dann sagten wir Frauen, wir würden in das hintere Zimmer gehen und der Mann solle vorn bleiben. Die Angst kroch in mir hoch, als ich mir vorstellte, die Nacht mit wildfremden Menschen hier zu verbringen.

Zuvor mussten wir noch eine Möglichkeit finden, die ganzen Ritzen zuzustopfen. Ich lief los und klingelte bei der erstbesten Familie, erklärte die Lage und bat um Zeitungspapier. Es dauerte Stunden, bis wir alles einigermaßen abgedichtet hatten. Am schlimmsten war, dass wir feststellen mussten, überhaupt keine Toilette zu haben. Wir konnten nur am Sportplatz in die dortigen Büschen und Hecken gehen.

Als wir uns bei der Gemeindeverwaltung anmeldeten, nutzten wir die Gelegenheit, uns über die Zustände zu beschweren, aber die Mitarbeiter zuckten nur mit den Schultern. Allerdings sagte man uns, dass der Mann in ein paar Tagen ausziehen würde und die Frau käme zu einer Familie, wo sie im Haushalt arbeiten würde. Außerdem versprach man uns eine Toilette. Die stellte sich als verstopftes Plumpsklo auf dem Nachbargrundstück heraus.

Meine Mutter erklärte: „Das mache ich nicht sauber, lieber gehe ich weiterhin hinter die Büsche." Ich war wütend und traurig, ging aber mit Wassereimer und festem Willen daran, das erbärmliche Ding zu reinigen.

Von der Gemeinde erhielten wir ein wenig Überbrückungsgeld, bis wir uns eine Arbeitsstelle gesucht hätten. Dafür mussten wir aber nach Kempen zum Arbeitsamt fahren, um uns als arbeitssuchend zu melden. Von Grefrath aus fuhr ein Bus, wir konnten ihn aber nicht benutzen, weil das Geld nicht reichte. Also liefen wir die acht Kilometer zu Fuß. Da ich mich jede Woche dienstags beim Arbeitsamt persönlich vorzustellen hatte, um mein Geld von 19,90 wöchentlich abzuholen – meine Mutter bekam kein Arbeitslosengeld, sie hatte keinen Anspruch darauf, weil sie in der DDR nicht gearbeitet hat –, musste ich diese Strecke alle sieben Tage zurücklegen. Davon haben wir beide gelebt. Das erinnert mich heute noch an den Spruch „zu wenig zum Leben und zu viel zum Sterben".

Das erste Paar Schuhe

Meine erste Arbeitsstelle war ein Hotel in Kempen, da verrichtete ich jegliche Arbeiten vom Kartoffelschälen bis zum Bettenbeziehen, täglich von 6 bis 18 Uhr. Dafür musste ich jeden Morgen um halb fünf von Grefrath aus lostippeln, damit ich pünktlich zur angegebenen Zeit da war.

Obwohl ich einen Beruf erlernt hatte, konnte mir beim Arbeitsamt keine Stelle als Knopfmacherin vermittelt werden. Sie kannten diesen Beruf nicht. Danach bekam ich eine Arbeitsstelle bei einer Firma in Grefrath. Als ich mich dort vorstellte, musste ich feststellen, dass es eine Lumpen- und Papier-Sammelstelle war. Das war nicht ideal, aber ich nahm die Arbeit an, weil ich dadurch nicht mehr nach Kempen laufen musste.

Die Arbeitszeit war montags bis freitags von 7 bis 17 Uhr und samstags bis 12 Uhr. Ich hatte schwere Ballen von Lumpen zu bewältigen und zu sortieren, das Gleiche mit dem Altpapier. Monatlich bekam ich knapp 150 Mark brutto. Dafür sprangen mir die Ratten, die sich zwischen dem Zeug versteckten, über den Rücken.

Im Ort war es derweil kaum auszuhalten. Die Leute, alles einheimische Rheinländer, beschimpften uns: „Dat sind die Russen oder Polen." Es war eine große Demütigung, die wir tagtäglich zu spüren bekamen. Angesichts dieser Lebensumstände fing meine Seele an zu kränkeln. Ich wurde immer niedergeschlagener.

Überall im Dorf ging ich nach einer neuen Arbeit fragen. Aber es dauerte eine Weile, bis ich Glück hatte. Es gab eine Näherei mit ungefähr 15 Näherinnen, das Berufsbekleidungswerk. Der Besitzer hatte ein Herz für mich und sagte, ich könne gleich am folgenden Tag anfangen. In der Stunde sollte ich als Anfangslohn 70 Pfennige bekommen und wenn ich mich eingearbeitet hätte, müsste ich dann Akkord arbeiten. Das würde ich schon schaffen. Ich fing am folgenden Tag an und musste erstmal den Frauen beim Nähen zusehen. Am Nachmittag konnte ich aber schon selbst an einer Maschine sitzen. Ich probierte, die ersten geraden Nähte auf einer Spezialmaschine, die zwei parallele Nähte zugleich erzeugte, hinzukriegen, aber die Maschine war schneller als ich. Es war ein totales Chaos, aber ich hatte den Willen, es zu schaffen und gab nicht auf. Das merkten auch die Frauen und sprachen mir Trost zu. Einige Tage später sah die Sache schon besser aus. Nur wenige Wochen danach konnte auch ich alle Spezialmaschinen bedienen und erlernte das Zuschneiden, Ballen aufzurollen und Stoffe aufzuzeichnen.

Ich leistete meist die Vorarbeiten für sieben Akkordarbeiterinnen. Das bedeutete, ich hatte sieben Körbe um mich herum stehen und da warf ich immer die von mir vorgefertigten Stoffteile rein – Ärmel, Rückenteile, Schulternähte, Seitenteile von Jacken und Hosen sowie Gesäßnähte.

Die Lohnerhöhung, die mir versprochen worden war, gab es nie.

Ich verdiente nun zwar etwas Geld, doch die Qualmerei von meiner Mutter brauchte alles auf. Ich wollte mir gern mal ein schönes Kleid oder Wäsche kaufen, aber das blieb ein Traum. Nach Wochen erstand ich das erste Paar Schuhe im Westen für 39,90 Mark. Das war mehr, als ich in einer Woche verdiente. Deshalb kaufte ich auf Wochenrate.

Bald waren die Schuhe abgelaufen, aber ich musste immer noch bezahlen.

Amtsdeutsch

Es gab ein Flüchtlingsamt im Ort. Dort gingen wir hin und fragten nach Hilfe für uns. Leider aussichtslos, nicht einmal unsere Wohnsituation konnte man verbessern. Lediglich einen Flüchtlingsausweis bekamen wir, mit dem konnten wir aber nichts anfangen, denn bei mir stand hinten drin: „Zur Inanspruchnahme von Rechten und Vergünstigungen gem. §10, Abs. 1 BVFG, nicht berechtigt." Die Ausweise bekamen wir mit einer niederträchtigen Bemerkung des Beamten. Er hatte überhaupt kein Gefühl für die Menschen, die unmenschlichste Sachen erlebt hatten. Wir waren schockiert über so viel Gemeinheit. Er bezeichnete uns als Heimatvertriebene, dabei waren wir erst 1948 im Oktober aus Litauen geholt worden. Wir sollten uns glücklich schätzen, dass wir hier bleiben durften. Alles andere mussten wir uns erkämpfen.

In der Firma durfte ich mir meinen Kummer nicht anmerken lassen. Der Chef, der uns den ganzen Tag aus seinem Glaszimmer beobachtete, fragte mich eines Tages, ob ich nicht Überstunden machen wolle, dann könne ich ein bisschen vorarbeiten. Ich willigte ein und hängte nach Feierabend immer noch ein paar Stunden dran. Das zusätzliche Geld ließ ich in der Firma, damit meine Mutter es nicht verbrauchte. Herr Grüner legte es für mich weg und wenn ich mir eine Kleinigkeit anschaffen wollte, händigte er es mir aus. So kaufte ich mir ein Kleid, später dann auch einen Wintermantel. Aber die Überstunden zehrten an mir, bis ich eines Tages nicht mehr konnte. Ich fühlte mich ausgelaugt und lag nachts wach, weil ich so überfordert war.

Meine Mutter wartete nur, dass ich die paar Mark bei ihr ablieferte. Es reichte nicht mal für das tägliche

Mittagessen. Wenn ich in der Mittagspause nach Hause fuhr, hatte meine Mutter nur selten gekocht. Also fuhr ich hungrig und wütend zugleich wieder in die Firma und heulte mir die Augen aus. Meine Arbeitskolleginnen gaben mir dann von ihren Mittagsbroten etwas ab. Manchmal sprach ich meine Mutter darauf an und sie antwortete ganz selbstgefällig: „Bring mir mehr Geld, dann mach ich Dir auch das Essen."

Aufbegehren

Im Berufsbekleidungswerk gab es im Winter keine Heizung, sondern am frühen Morgen wurde ein Späneofen angemacht, der oft fast bis zur Mittagspause brauchte, um den Raum zu erwärmen. Wir saßen in unseren Mänteln an den kalten Nähmaschinen, die kaum in Gang kamen.

Im Frühjahr bekamen wir einen Auftrag von den Kruppwerken in Rheinhausen. Es waren Arbeitsanzüge für die Eisengießereien zu nähen aus schwerem Stoff. Es stellte sich später raus, dass es feuerfeste Asbestanzüge waren.

Dann bekamen wir Bundeswehraufträge, Hosen und Hemden. Der Zuschneider, Herr Kerber, war etwa 45 Jahre alt. Er lief die meiste Zeit mit den Händen im grauen Kittel im Raum herum und gab Kommandos. Das tat er eines Tages auch bei mir: „Fräulein Wedigkeit, nun arbeiten Sie mal bisschen schneller, damit die Frauen ihrer Arbeit nachkommen können." Da ging mir die Galle über: „Wissen Sie was, Herr Kerber, nehmen Sie doch einen Knüppel und schlagen Sie immer auf mich drauf. Was meinen Sie, wie schnell ich danach arbeite." Er guckte mich total verdattert an und ging weg. Ich aber war in Fahrt: „Sie können jetzt für mich weiternähen. Ich geh nämlich nach Hause." Damit lief ich zur Garderobe, nahm meine Jacke und verließ die Firma. Als ich morgens halb elf zu Hause bei meiner Mutter aufkreuzte, wunderte sie sich natürlich. Ich sagte aber nur: „Ich geh da nicht mehr hin."

Nach einer Stunde hielt ein Auto vor unserer Baracke. Mein Chef, Herr Grüner, stieg aus und klopfte an die Holztür. Er ließ sich den ganzen Vorgang von mir noch mal erzählen und bat mich zurück zu kommen, ich würde unbedingt gebraucht. Meinen Stundenlohn würde er auch erhöhen und noch eine zweite Kraft für die Vorarbeiten einstellen. Schon in der nächsten Woche begann ein junges Mädchen. Ich habe sie angelernt, und wir haben sehr gut zusammengearbeitet. Später wurden wir gute Freundinnen.

Sie hieß Beate Hübner und kam auch aus einer Flüchtlingsfamilie, aus Schlesien. Manchmal besuchten wir uns gegenseitig. Oder wir gingen ab und zu durchs Dorf und guckten uns die Schaufenster an. Einmal kaufte ich mir eine Strumpfhose mit Naht, die zog ich nur am Sonntagnachmittag beim Spaziergang an. Wenn eine Masche in der Strumpfhose war, dann brachte ich sie zur Reparatur. Das kostete 20 Pfennige und irgendwann war eine Reparaturnaht an der anderen.

In der Näherei habe ich mir von Restabfällen schöne Schürzen und manchmal auch einen Sommerrock nähen können. Der Chef gab dafür die Genehmigung, damit ich wieder ein Teil mehr zum Anziehen hatte. Meine

wenigen Sachen wusch ich samstags auf dem Rubbelbrett. Meine Mutter hatte keine Lust dazu.

Bei uns auf unserer Straße gab es einen Frisör. Als
ich mir zum ersten Mal eine Dauerwelle machen lassen
wollte, ging ich zu ihm und kam mit dem Inhaber des
Ladens ins Gespräch. Es stellte sich heraus, dass er auch
ein Ostzonenflüchtling war. Er kam aus Berlin. Dort war
er Stepptanzlehrer gewesen und hier in Grefrath betä-
tigte er sich nun als Trainer im Sportverein. Das ist doch
was für mich, dachte ich und fragte, ob ich mitmachen
könne. Er war begeistert von der Idee.

Es wurde an Geräten geturnt und am Boden, Ballspiele übten wir auch. Es gefiel mir prima, ich war in
meinem Element und freute mich riesig. Endlich mal
etwas Anderes als nur Arbeit und Trübsal. Eines Tages meinte der Trainer zu mir, ob ich nicht Lust hätte,
eine Kindergruppe im Alter von sechs bis elf Jahren zu
trainieren. Ich sagte natürlich zu. So hatte ich ab jetzt
eine Aufgabe. Jede Woche kamen etwa 20 Kinder. Sie
mochten mich gern und manchmal holten sie mich
nach Feierabend vom Berufsbekleidungswerk ab. Innerlich wurde ich dadurch ausgeglichener, es war gut
für meine Seele.

Meine Freundin Beate nahm ich mal zum Training der
Jugendlichen mit, aber das lag ihr nicht. Sie ging lieber
ins Kino oder zum Tanzen. Das alles hätte ich auch gern
gemacht, hatte aber kein Geld und auch keine passende Kleidung.

Wir waren nun schon fast ein Jahr in Grefrath, doch
die Lebensverhältnisse waren für uns nicht viel anders
als in Weißbach. Wir hatten dort nichts gehabt und hier
hatten wir auch nichts.

Eines Tages besuchte mich Beate und wollte mich
zu einer Radtour mitnehmen, die sie mit ihrer älteren

Schwester Tina zum Waldsee nach Waldniel machen wollte. „Ich habe doch kein Fahrrad", wandte ich ein. „Das macht nichts, wir leihen dir eins von meiner Mutter." Es war Sonntag und ein schöner Sommertag. Wir nahmen uns ein bisschen Essen mit und los ging die Fahrt. Das erste Mal radelte ich durch die niederrheinische Landschaft. Es war ganz flach – anders als in Thüringen –, nur in der Nähe des Waldsees gab es einige Hügel. Alles wirkte sehr gepflegt. Am Waldsee gab es einen Bootsverleih. Wir nahmen uns jeder ein Boot und dann ging es aufs Wasser. Ich konnte das Paddeln sogar noch aus meiner Kinderzeit. Ich genoss den Tag in vollen Zügen. Ich träumte davon, mir vielleicht mal ein eigenes Fahrrad zu kaufen. Wer weiß, ob ich das schaffen würde?

Wozu habe ich Dich denn in die Welt gesetzt?

Meine Mutter hatte sich in der Zwischenzeit mit Beates Mutter angefreundet. So hatte sie nun endlich jemanden, mit dem sie ihre Gedanken und Sorgen austauschen konnte. Frau Hübner war eine ganz liebe Frau, die immer ein offenes Ohr für ihre Kinder hatte. Sie war wie ein Gegenbild meiner Mutter.

Die Reibereien bei uns zu Hause wurden immer schlimmer. Wenn ich von der Arbeit abgespannt heimkam, war meine Mutter sehr oft schlecht gelaunt, stets des Geldes wegen. Ich konnte es nicht mehr hören. Wie sollte ich denn noch mehr ranschaffen? Ich konnte ja nicht mehr als arbeiten. Manchmal gingen mir die Nerven durch. Ich sagte: „Dann geh doch endlich auch mal arbeiten, wie wir alle." Da schrie meine Mutter mir ins Gesicht: „Wozu habe ich Dich denn in die Welt gesetzt?" Bestürzt antwortete ich: „Aber bestimmt nicht, damit ich mein Leben lang für uns beide schuften muss." Für mich brach eine Welt zusammen.

Ich rannte aus unserer Baracke in Richtung Dorfausgang. Weil ich nicht wusste, wohin, setzte ich mich am Straßenrand hinter die Büsche und weinte. Nach einigen Stunden kehrte ich zurück, ließ mich stillschweigend ins Feldbett fallen und stierte ins Leere. Ich wollte nicht mehr leben.

Doch am anderen Morgen ging ich pflichtbewusst zur Arbeit und erzählte alles Beate. Auch eine andere Arbeitskollegin wurde auf mich aufmerksam und meinte: „Was ist eigentlich mit Dir los? Du bist das traurigste Menschenkind, das hier rumläuft. Raus mit der Sprache." Ich berichtete ihr und sie gab mir schließlich den Rat: „Weißt du, Ulla, das Beste ist, du gehst von Deiner Mutter weg. Dann muss sie für sich allein sorgen. Ich habe eine Idee: Du kommst jetzt erstmal für ein paar Tage zu uns und dann wird sie schon merken, was du leistest."

14 Tage blieb ich bei der Familie. Ich wurde umsorgt wie ein eigenes Kind. Am dritten Tag ging ich bei meiner Mutter vorbei und wollte mir meine Habseligkeiten abholen. Sie ließ mich nicht rein, die Sachen bekäme ich nicht. „Mutti, gib mir mein Zeug, ich brauche den Mantel. Wir haben kaltes Wetter draußen und ich muss die Sachen haben. Ich komme erstmal nicht wieder zurück", bat ich. „Mach, dass Du wegkommst. Ich will Dich nicht mehr sehen", war ihre einzige Reaktion.

Mein Arbeitskollegin war ratlos und meinte: „Du gehst morgen früh noch mal hin und wenn sie dir die

Sachen nicht rausgibt, musst du zur Polizei und sie anzeigen."

Ich konnte nicht zur Arbeit und ließ mich durch meine Kollegin entschuldigen. Stattdessen lief ich zu meiner Mutter, aber sie war stur. Erst als ich mit der Polizei drohte, riss sie die Holztür auf, zog die Schublade vom alten Kleiderschrank auf und schmiss mir ein paar Wäschestücke und anderes Zeug vor die Füße. Ich nahm weinend meinen alten Pappkoffer, packte alles ein und schlich davon. Meine letzten 20 Mark legte ich ihr mit den Worten hin: „So, Mutti, das war mein letztes Geld, ab jetzt musst Du für Dich selbst sorgen. Ich kann nicht mehr. Wir sehen uns vorerst nicht wieder."

Mir zitterten die Beine und mit Mühe schaffte ich es bis zum Haus meiner Kollegin. Da war die Oma zu Hause. Sie nahm mich in die Arme und tröstete mich. Als am späten Nachmittag ihre Tochter vom Berufsbekleidungswerk heimkam, sagte sie: „Ulla, wir finden schon eine Lösung für dich. Wir kennen in Krefeld eine Familie, die haben ein Fleischereigeschäft. Wir sind gut befreundet und wissen, dass sie jemanden im Haushalt brauchen. Da könntest du bestimmt anfangen."

Ich zweifelte. Nun hatte ich gerade durch die Sportgruppe neue Hoffnung geschöpft und eine Freundin gefunden. Sollte alles wieder zerstört sein und mein Weg wieder in die Fremde führen? Es musste wohl sein, sonst würde es nie besser werden. Herr Grüner bemerkte meine Zerrissenheit und sprach mich eines Tages darauf an. Ich erzählte die Sache mit meiner Mutter, er hörte zu und schlug mir dann vor, mir ein Zimmer in seiner Villa zu geben, damit ich dabliebe. Das gefiel mir jedoch nicht wegen der vielen Kinder in seiner Familie. Sechs waren es, alles Jungens, da hätte ich bestimmt viel mithelfen müssen. Außerdem war ich innerlich schon entschlossen nach Krefeld zu gehen. Ich brauchte mal etwas Abstand.

Ersatzmutter

So lernte ich Familie Bertel aus Krefeld kennen. Bei unserem ersten Zusammentreffen erzählte meine Kollegin in Kurzfassung mein trauriges Los. Bertels entschieden sich, mich für den gesamten Haushaltsbereich einzustellen. 60 Mark sollte ich im Monat bekommen, dazu Essen und Logis. Immer Mittwochnachmittags hätte ich frei. Sie erzählten mir, dass sie zwei Kinder hätten, Angela und Hanna, vier Jahre und fast zwei Jahre alt. Die müsste ich neben dem Haushalt versorgen, weil Frau Bertel den ganzen Tag im Fleischerladen sei und verkaufen müsse. Das klang gut und ich sagte zu.

Nach meiner Kündigung beim Berufsbekleidungswerk fing ich im März 1957 dort an. Sie holten mich in einem Mercedes von Grefrath ab. Ich verließ mein altes Leben mit sehr viel Schmerzen im Herzen, um ein neues zu beginnen. Was mich wohl erwarten würde? Ich bat meine Arbeitskollegin noch, meiner Mutter nicht zu sagen, wo ich jetzt sei, sonst würde ich wieder keine Ruhe finden. Mir schossen die Tränen ins Gesicht, wenn ich an meine Mutter dachte. Familie Bertel bemerkte meine Trauer und beteuerte, dass sich die Situation für mich bessern würde, wenn ich nur eine Zeitlang weg wäre.

In Krefeld angekommen, hielten wir vor einem ziemlich großen Anwesen mit Haus, Laden, Wurstküche und einem Garten mit Hundezwinger. In Letzterem wohnte Alona, eine Schäferhündin, die mich laut anbellte, als wir das Grundstück betraten. Das Haus hatte zahlreiche Zimmer und Frau Bertel zeigte mir mein zukünftiges Reich – eine Dachkammer mit Kleiderschrank, Bett, Nachtschränkchen, kleinem Tisch mit Stuhl,

Waschbecken und Spiegel. Ich war begeistert und freute mich schon, im schönen weißen Bett mit toller weißer Bettwäsche zu liegen. Welch ein Glücksfall! Sie ließ mich allein und nun genoss ich erstmal das Ganze. Dann packte ich meinen Pappkoffer aus und legte alles in den Schrank. Es war so wenig, dass er auch danach noch leer aussah.

Ich ging dann in die Küche runter. Wir saßen alle am Abendbrottisch und ich bekam meine Anweisungen, was ich alles zu machen hätte. Der normale Ablauf war: Früh um halb sechs aufstehen, in allen Zimmern Feuer machen mit Holz und Kohle – später in den Ölöfen –, Frühstück für die Familie, Gesellen, zwei Lehrlinge in Wurstküche und Laden vorbereiten. Täglich saßen neun Personen am Tisch. Danach musste ich die Kinder waschen und anziehen. Sie gingen nicht in den Kindergarten und ich sollte sie mitversorgen. Im Lauf des Tages sollte ich für alle kochen, Wäsche waschen auf dem Rubbelbrett und im großen Waschkessel in der Waschküche. Alles wurde dann von mir auf dem Küchentisch gebügelt. Die Metzgerwäsche musste man zwei Tage vor dem Waschen einweichen und dann auf dem Fußboden mit Schmierseife und Wurzelbürste bearbeiten, um sie vor dem Kochen von Blut und Fett zu reinigen. Montags war Waschtag, den hasste ich, es war so eine Knochenarbeit. Zwischendurch blieb ja trotzdem noch alle Hausarbeit und das Kochen. Abends fiel ich entkräftet in mein schönes weißes Bett und fragte mich, ob ich das alles durchhalten würde.

Die Tochter Hanna war ein störrisches Kind. Sie triezte mich jeden Tag aufs Neue, warf mir beispielsweise schon morgens beim Anziehen ihre Kleider vor die Füße oder ins Gesicht. Die Kleine, Angela, machte weniger Schwierigkeiten, aber dafür noch in die Windeln.

Jeder Versuch, sie aufs Töpfchen zu bringen, scheiterte. Stattdessen kämpfte ich mit Bergen von Windeln, die ich zum Einweichen in zwei Zinkeimer legte und dann auf dem Rubbelbrett wusch. Am Ende hingen immer blitzblanke Windeln auf der Leine.

Manches Mal, wenn mir alles zu viel wurde, dachte ich: „Wer ist hier eigentlich die Mutter?"

Von morgens bis abends auf Trab

Für Familie Bertel schien es eine Selbstverständlichkeit, dass ich alles machte. Die Kinder nahm ich sogar mit in die Stadt, wenn ich am Mittwochnachmittag frei hatte. Zusammen machten wir oft Schaufensterbummel. Kaufen konnte ich mir sowieso nicht viel. Manchmal erstand ich eine kleine Schallplatte von Caterina Valente oder Elvis Presley. Das waren meine Lieblingssänger. Ansonsten bestand Frau Bertel darauf, dass ich alle zwei Wochen zum Frisör ging, um mir eine Wasserwelle ins Haar machen zu lassen. Bezahlen musste ich das von meinem Lohn, aber es war Pflicht. Ich sollte ja in ihrem Haushalt immer anständig aussehen.

Die Kocherei war auch nicht einfach, denn der Fleischermeister Bertel teilte für zu Hause immer genau das Fleisch zu, das er im Laden nicht loswurde. Wir bekamen nur, was übrig blieb. Aber ich ging manchmal in die Kühlkammer und holte einen Braten raus, ohne dass er es bemerkte. Wenn der dann mittags auf den Tisch kam, wurde er mit Genuss vertilgt. Herr Bertel war ein „Eichsfelder Schotte", knickerig bis dahinaus. Nach dem Krieg war er in Krefeld gelandet und hatte sich Frau Bertel

„an Land gezogen". Die Wursterei lag ihm im Blut und aus irgendeinem Grund auch der Geiz. Frau Bertel war gelernte Fleischereiverkäuferin und unterstützte ihren Mann in allen betrieblichen Bereichen. Sie bauten ein gut gehendes Geschäft auf und kauften später mehrere Häuser. Dafür war Geld da – aber eine Waschmaschine in die Waschküche stellen? Da war ich doch billiger.

Das Saubermachen in diesem großen Haus war ein immerwährender Kreis vom Dachboden bis zum Keller. Ständig war ich mit Eimer und Wischlappen sowie Schrubber unterwegs. Überall im unteren Bereich lag Fett aus der Wurstküche. Die Küche und den Flur putzte ich mehrere Male am Tag.

Was mir tatsächlich gegen den Strich ging, war das Schuheputzen. Ich kniete auf dem Fußboden und wienerte. Die hohen, fettverschmierten Arbeitsschuhe von Herrn Bertel würgten mich. Ich kam mir wie eine Sklavin vor. Aber nun musste ich hier aushalten, solange es ging. Wohnungen für alleinstehende Jugendliche gab es nicht. Es herrschte Raumnot in allen Städten. Die vielen Vertriebenen sowie die Ostzonenflüchtlinge mussten erst einmal alle untergebracht werden. Man musste mit dem zufrieden sein, was angeboten wurde. Bei Bertels kam ich gar nicht groß zum Nachdenken, welche Zukunft ich mir vorstellte. Ich war von morgens bis spät abends auf Trab.

Ein Sonntagsbraten für Alona

Wenn ich am Freitag mehrere Braten für den Samstagsverkauf im Ofen braten musste, roch das ganze Haus danach. Wenn sie gar waren, stellte ich sie stets auf die Terrasse, um sie abzukühlen. Eines Tages passierte es: Wieder legte ich vier Braten raus, doch als ich sie in die Küche reinholen wollte, fand ich nur noch drei Stück. „Das kann doch nicht sein!", dachte ich. „Wo ist denn der vierte Braten hin?" Ich ging in die Wurstküche und fragte vergeblich den Gesellen, ob er was weggenommen hätte. Auch im Laden war der Braten nicht.

Da hatte ich eine Idee und lief in den hinteren Garten. Tatsächlich, der Hund hatte sich den Leckerbissen an Land gezogen und ihn in seine Hütte geschleppt. Es musste also einer den Zwinger aufgemacht haben. Herr Bertel ging zu Alona, nahm ihr den Braten weg und kam zu mir in die Küche. Er wollte den Braten saubermachen und ihn in den Laden bringen, um den Rest in der Maschine aufzuschneiden. Ich dachte, ich sehe nicht richtig und sagte das auch Herrn Bertel. Er funkelte mich wütend an und schmiss mir den Braten vor die Füße. Ich lachte, nahm den Braten und ging zu Alona. Sie winselte und fraß das gute Stück auf. Herr Bertel hatte ein paar Tage schlechte Laune und ließ es alle im Haus spüren. Den Hund aber brauchte ich zwei Tage nicht füttern, der hat es genossen.

Privat blieb mir leider überhaupt keine Zeit. Ich schrieb ab und zu an Beate und fragte sie dabei auch, wie es meiner Mutter ginge. Beate antwortete mir, dass meine Mutter jetzt eine Arbeitsstelle in einer Ziegelei in Grefrath angenommen hätte. Ich dachte so bei mir: „Na, das ist ja eine sehr schwere Arbeit für eine Frau." Aber wenigstens hatte sie sich dazu entschlossen oder in Grefrath nichts Anderes bekommen.

Manchmal, wenn ich in meinem kleinen Zimmerchen im Bett lag, dachte ich an meine Geschwister, die nicht mehr da waren, oder an das Zerwürfnis zwischen meiner

Mutter und Herbert. Das stimmte mich alles traurig und ich konnte dann über Stunden nicht einschlafen. Morgens stand ich wie gerädert auf, setzte mich allein in die Küche, kochte mir eine Tasse Kaffee und sammelte Kraft, um den nächsten anstrengenden Tag zu überstehen.

Im Sommer fand ich besseren Zugang zu Hanna. Ich ging oft mit beiden Kindern in den Garten und turnte ihnen was vor. Vom Handstand bis zur Brücke zeigte ich alles und sie wollten es gleich nachmachen. Angela war noch zu klein, aber Hanna begriff es schon und übte fleißig. Das sah unsere Nachbarstochter Ilona und gesellte sich bald dazu. Allmählich wurden wir eine kleine Turnertruppe.

Ilona und ich wurden gute Freundinnen und wenn ich abends um neun mit meiner Arbeit fertig war, kamen wir manchmal zusammen und unterhielten uns. Von mir wollte sie immer viel wissen, denn sie war ein wohlbehütetes Mädchen und hatte mit ihren 19 Jahren von der Welt noch nichts gesehen.

Ihre Familie lud mich eines Tages zu einer Fahrt nach Holland ein. Sie hatten einen roten Volkswagen, in dem tuckerten wir los. Was mir in Holland sofort auffiel, waren die Fenster in den Häusern. Sie hatten keine Gardinen davor. Später erfuhr ich, dass die Holländer dafür Steuern bezahlen mussten. Ich konnte es kaum glauben. In Holland, irgendwo nahe der Grenze, tranken wir am Nachmittag Kaffee. Der Kuchen schmeckte ausgezeichnet und es war auch alles etwas billiger als in Krefeld. Später schauten wir uns noch ein paar Geschäfte an. Das war mal was Anderes als nur zu arbeiten. Das waren so die Augenblicke, die gut für mich waren.

Nicht nur Trauer haben

Freitags nach Feierabend spielte Frau Bertel immer Karten mit einer Cousine von Herrn Bertel und der Verkäuferin. Eines Tages fragte sie mich, ob ich nicht Lust hätte, mitzuspielen. Freudig sagte ich zu und fortan spielten wir zu viert. Es machte mir großen Spaß und war eine Ablenkung vom täglichen Einerlei. Herr Bertel und der Mann der Verkäuferin tranken derweil ihr Fläschchen Bier.

Am Wochenende bekam Familie Bertel oft Besuch und ich machte dann für alle den Kaffeetisch fertig. Am gemütlichen Kaffeeplausch durfte ich teilnehmen und hatte so ein wenig Familienanschluss. Zu diesen Anlässen wurde meist die Musikbox angemacht. Ich durfte dann schöne Schallplatten auflegen, um das Ganze abzurunden. Es waren schöne Stunden.

Im Sommer kam häufig Frau Bertels Vater, der hatte einen großen Gemüsegarten und brachte uns mit dem Handwagen Bohnen, Möhren und alles andere. Ich saß dann stundenlang in der Küche oder auf der Terrasse und bereitete alles vor, um es in Gläsern einzukochen. Im Winter waren die Regale zum Bersten gefüllt und es fehlte uns an nichts.

Ilona erschien eines Tages und lud mich ein, sie zum Baggerloch ganz in der Nähe zu begleiten. Ich ließ mich überreden, zumal es nichts kostete. Aber einen Badeanzug brauchte ich. Er verschlang fast einen halben Monatslohn, war aber ein Traum in schwarz mit weißen Blenden. Ich fühlte mich ganz toll darin. Ich hielt ihn lange in Ehren. Ilona amüsierte sich immer, dass ich an einem Kleidungsstück so festhielt.

Manchmal, wenn ich gern etwas Eigenes gehabt hätte, dachte ich darüber nach, wie es wäre, einen Freund zu haben und mein Leben gemeinsam mit ihm zu planen. Aber aufgrund meiner schrecklichen Erlebnisse in Königsberg mit den Vergewaltigungen war mir alles, was mit Männern zusammenhing, ein Horror. Einem Mann Vertrauen zu schenken, das war sehr schwer für mich. Als ich mal mit Ilona darüber sprach, hatte sie Verständnis, sagte aber auch: „Ulla, du kannst doch nicht nur Trauer in dir haben, du musst auch mal wohin zum Tanzen! Es gibt hier so schöne Tanzkapellen, da gehst du einfach mal mit. Das machen wir mal."

Dreistufenröcke und Petticoats

So kam es. Unser Lehrmädchen nahmen wir dann auch noch mit. Mit gemischten Gefühlen trat ich in den Saal. Aber als ich die tolle Musik hörte – alles live gespielt –, erinnerte ich mich an Weißbach und die Tanzabende dort. Die Stimmung war ähnlich, doch es war eine ganz andere Umgebung und die jungen Leute hatten andere Sachen an: Cordjacken für die Jungens in weinrot, beige, grün oder blau; Dreistufenröcke, Petticoats und ganz enge Shirts für die Mädchen.

So etwas Schickes hatte ich natürlich nicht. Aber ich fand mich in meinem orangefarbenen Kleid auch hübsch. Wir saßen noch gar nicht lange, da wurden wir auch schon von jungen Männern zum Tanz aufgefordert. Ich war sehr aufgeregt und mir waren die Knie ganz weich. Dabei war ich eine begeisterte Tänzerin. Zu Ilona meinte ich: „Ich glaube, ich halte das bis zum späten Abend nicht durch, es ist alles so anders für mich!" Schließlich blieb ich drei Stunden und dann gingen wir nach Hause. Ich musste mich erst einmal zurechtfinden in dieser neuen Welt.

Frau Bertel bestärkte mich: „Ursel, Sie müssen jetzt öfters mal mitgehen, damit Sie endlich von der Jugend was erleben. Es gibt auch schöne Seiten im Leben!" Ich wollte ja selbst die Vergangenheit Vergangenheit sein lassen, aber das war leichter gesagt als getan. Immer wieder kamen die Erinnerungen hoch und ich wurde abgrundtief traurig. Wenn ich am Abend in meinem kleinen Kämmerchen saß, bedauerte ich mich. Wie hätte ich mir auch nicht leid tun sollen: Ich war im Grunde ganz allein und das tat furchtbar weh. Bei der Arbeit ließ ich mir das nicht anmerken, da war ich die selbstsichere, zielstrebige Ulla. So wurde ich auch Herrn Dorn vorgestellt. Das war ein Bekannter von Herrn Bertel, der Wurst und Fleischwaren bei uns einkaufte. Die Männer gingen ins Nebenzimmer und unterhielten sich. Frau Bertel sagte zu mir, der Herr Dorn hätte viel Ahnung vom Viehkauf bei den Bauern. Deshalb nahm Herr Bertel ihn immer als Berater mit. Einmal brachte er noch jemanden mit, seinen Sohn Klaus.

Wir standen alle in der Küche, begrüßten uns, und der junge Mann lächelte mich an. Unsere Blicke verfingen sich ineinander. Es war ganz komisch, als würden wir uns schon ewig kennen. Wir unterhielten uns ein wenig und er erzählte mir, dass er in Siersdorf im Bergwerk arbeiten würde, jetzt hier zu Besuch sei und am nächsten Tag wieder wegmüsste. Als sein Vater gehen wollte, fragte er mich, ob wir uns am Abend treffen könnten. Er würde mich abholen. Spontan sagte ich zu.

Dann verabschiedeten sie sich und ich machte meine Hausarbeit. Es war ein sonderbares Gefühl, ich konnte mich gar nicht richtig auf meine Arbeit konzentrieren. Was war denn bloß mit mir los?

Liebe auf den ersten Blick?

Der Abend kam näher. Ich stand vor dem Spiegel und dachte: „Soll das die große Liebe auf den ersten Blick sein?" Ich glaubte schon, aber wie mochte es wohl dem jungen Mann ergehen? Würde er sein Wort halten und mich abholen?

Augenscheinlich schon, denn plötzlich rief mich Frau Bertel herunter. Mir war ganz schlecht, so aufgeregt war ich. Frau Bertel lachte mich an und sagte: „Prima, Ursel."

Draußen stand mein Herzjunge mit einer schönen Lambretta – einem kleinen Motorroller. Er lachte mich ebenfalls an, ich setzte mich auf den Rücksitz und los ging die Fahrt zum Stadtgarten. Wir hatten schönes Wetter erwischt, hockten uns auf eine Bank und erzählten uns das Wichtigste über unsere Familienverhältnisse. Ganz schnell war zu erkennen, dass wir viele Gemeinsamkeiten hatten. Seine Eltern waren seit 1947 geschieden. Der Vater hatte sich dann wieder verheiratet und lebte jetzt in Krefeld, die Mutter war mit noch zwei Töchtern in der DDR, in Heiligenstadt in Thüringen, geblieben. Klaus meinte, der Vater würde keinen Unterhalt zahlen und die Mutter müsse hart arbeiten, um sich und die Töchter zu ernähren. Ich bemerkte, dass Klaus sehr traurig war, als er mir das alles erzählte. Ich fasste mir ein Herz und berichtete in Kurzfassung, was in meiner Kindheit geschehen war. Das Schicksal hatte uns irgendwie vereint, wir verstanden uns blind.

Wir versprachen, uns wiederzusehen, wenn er erneut nach Krefeld käme. Wir nahmen uns in die Arme, dann gaben wir uns den ersten zärtlichen Kuss. Ich war fassungslos, aber glücklich. Es hatte ernsthaft bei mir gefunkt und mit einem unbeschreiblichen Gefühl im Bauch fuhr Klaus mich nach Hause.

In den folgenden Wochen fragte ich seinen Vater stets, ob Klaus sich schon wieder gemeldet habe, aber die Antwort war stets ein Nein. Jeden Tag fragte ich mich, warum er sich nicht meldete? Wenigstens ein Brief oder auch eine Karte. Ich rechnete schon mit der nächsten großen Enttäuschung.

Bei Bertels ließ ich mir nichts anmerken, aber Ilona schüttete ich mein Herz aus. Sie war schon etwas abgeklärter und meinte: „Ulla, du wirst doch jetzt nicht hier umhertrauern, der hat bestimmt eine feste Freundin und wollte sich bei dir nur wichtigmachen." Ich war bestürzt. Ich hatte mich endlich richtig verliebt und nun sollte alles schon zu Ende sein? Mein Vertrauen war dahin.

Um mich abzulenken, verbiss ich mich in die Arbeit. Ich fragte Frau Bertel, ob ich für die Kinder was nähen könne in meiner Freizeit. Sie war von dieser Idee begeistert, kaufte eine gute Nähmaschine, Stoffe in schönen Mustern und auch gleich ein paar Schnittmusterhefte dazu. Das machte vielleicht Spaß.

Gegen alle Vernunft wartete ich trotzdem Tag für Tag auf Post, aber es kam nichts. Allmählich schwand meine Hoffnung, Klaus noch mal zu sehen. Es tat sehr weh, aber da musste ich durch.

Dann sollten Dorns wieder einmal zu Besuch zu uns kommen. Ich war ganz nervös. Als alle am Kaffeetisch saßen, berichtete die jetzige Frau von Herrn Dorn, dass Klaus nach Heiligenstadt zu seiner Mutter und den Geschwistern gereist sei und dort auch seine Freundin besuchen wolle. Ich fand keine Worte und warf nur ein: „Er wollte mir doch mal schreiben." „Das wird wohl nichts mehr werden", sagte sie, „sein Bruder hat uns berichtet, Klaus wolle sich in Heiligenstadt gleich verloben."

Ich brach in Tränen aus und verkroch mich in meinem Zimmer. Ich war unendlich traurig. Als Ilona das erfuhr, war sie auch wütend. „So, Ulla! Nun kommst du mal wieder mit zum Tanzen. Es wird kein Trübsal geblasen, du hast so wenig Freude. Jetzt trauere nicht um jemanden, der es nicht verdient hat."

Im September sollte ein Ball stattfinden, da schleppte mich Ilona einfach mit. Es war eine große Kapelle da und die Musik war gut. Das Tanzen machte Spaß und nach einer Weile gingen wir nach draußen, um uns abzukühlen. Da sah ich plötzlich Klaus mit seinem Motorroller. Ilona blieb stehen, Klaus kam auf mich zu und begrüßte uns. Ich fragte ihn gleich, warum er sich bis jetzt nicht gemeldet hätte. Er hätte es vergessen. Ich kochte vor Wut. Zu Ilona sagte ich: „Ich geh nach Hause, hab keine Lust mehr zum Tanzen."

Wenn Klaus mich nicht wollte, dann genoss ich mein Leben eben ohne ihn! Ich bat Ilona ein weiteres Mal, mit mir zusammen zum Tanzen zu gehen. Schon bald forderte mich ein junger Mann auf. Ich hatte schon eine Weile bemerkt, dass er mich beobachtete. Beim dritten Tanz fragte er mich, wie ich hieße. Er sei Arno. Bis zum Ende des Abends tanzten wir zu jeder Musik.

Arno und ich hatten uns für Mitte der Woche verabredet, er wollte vorbeikommen und mich abholen. Wie versprochen kam er und wir machten einen langen Spaziergang. Er erzählte mir von seinen Eltern, die aus Altenburg in Thüringen kamen. Sie waren, ebenso wie meine Mutter und ich, DDR-Flüchtlinge. Arno hatte noch einen Bruder und eine Schwester. Die ganze Familie wohnte am Glockenspitz in Krefeld und er arbeitete, wie sein Vater, in den Edelstahlwerken als Dreher.

Auch ich erzählte kurz meine Geschichte, erwähnte aber meine enttäuschte Liebe zu Klaus mit keinem Wort. Wir wollten erst mal freundschaftlich beieinander sein und sehen, wie sich alles entwickelte. Später tat mir Arno leid, denn immer, wenn wir zusammen waren, dachte ich an Klaus. Wir gingen ins Kino oder bummelten durch Krefelds Geschäftsstraßen. Sonntagabends aßen wir manchmal Eis beim Italiener.

Eigentlich hätte es so schön sein können, aber ich hatte Herzschmerz. Eines Tages lud er mich zu seinen Eltern ein. Wir fuhren am Sonntagnachmittag mit dem Bus dorthin. Ich wurde freundlich aufgenommen und fühlte mich gleich wohl bei ihnen. Wir hatten uns viel zu erzählen aus der Zeit in der DDR. Sie konnten gar nicht fassen, wie viel ich mit so jungen Jahren schon erlebt hatte.

Am Abend fuhr ich allein nach Hause und dachte nach. Was sollte ich jetzt machen? Frau Bertel war da bestimmter: „Das ist aber ein feiner Bengel, Ursel, halten Sie sich den man, wer weiß, was daraus werden kann?" Ich wollte aber nicht, dass daraus etwas werden würde. Mein Herz schlug für Klaus, trotzig, noch immer.

Versöhnung

Ich hatte das Gefühl, nun sei genügend Zeit vergangen und wollte wieder einmal meine Mutter sehen. Sie hatte am 24. November Geburtstag und da wollte ich sie überraschen. Ich fragte Frau Bertel, ob sie mir erlauben würde, für meine Mutter eine Torte zu backen. Sie hielt es für eine gute Idee. Mit dem Bus fuhr ich nach Grefrath und überlegte, ob Mutter wohl noch in der Baracke lebte.

Das tat sie. Wir standen uns gegenüber, ich gratulierte ihr zum Geburtstag und dann lagen wir uns in den Armen und weinten beide. Ich packte die Torte aus und sie staunte nicht schlecht, wie ich die feine Schwarzwälder hinbekommen hatte. Als ich dann erzählte, für wie viele Leute ich jeden Tag kochen und backen musste, glaubte sie es gar nicht.

Der Nachmittag ging hin und dann klopfte es an der Tür. Ein Mann kam zu Besuch, den ich vorher nie gesehen hatte. Er stellte sich als ein Freund meiner Mutter vor. Sein Vorname sei Rudi, er würde mit meiner Mutter zusammen in der Ziegelei arbeiten. Meine Mutter meinte dann, es sei zwar eine schwere Arbeit, aber in Grefrath sei nichts Anderes zu bekommen. In der Teppich-Firma gebe es für Flüchtlinge aus der DDR kein Reinkommen, das sei den Einheimischen vorbehalten. Rudi stammte aus Dresden und war beim großen Bombenangriff im Februar 1945 sieben Tage in den Trümmern verschüttet gewesen und doch ohne Schaden davon gekommen. Meine Mutter und Rudi verstanden sich gut, das war die Hauptsache. Am Abend verabschiedete ich mich und versprach, Weihnachten wiederzukommen.

Wenn der Vater von Klaus kam, fragte ich jedes Mal: „Wissen Sie was Neues von Klaus?" Er sagte dann immer: „Tut mir leid, er hat sich bei mir noch nicht gemeldet. Der muss wohl viel arbeiten oder er ist bei einer anderen Firma."

Vor den Feiertagen gab es bei Bertels viel zu tun, das lenkte mich ab. Ich buk mit den Kindern unzählige Kekse. Arno kam vorbei und lud mich zu Weihnachten bei seinen Eltern ein, ich wollte aber zunächst zu meiner Mutter. Den Heiligabend verbrachte ich bei Bertels.

Es war alles sehr feierlich am geschmückten Weihnachtsbaum. Wir hatten Gänsebraten. Nach dem Festessen wurden bei schöner Weihnachtsmusik aus der Musikbox die Geschenke ausgepackt. Ich bekam das erste Mal nach dem Krieg wieder ein richtiges persönliches Weihnachtsgeschenk. Beim Auspacken liefen mir die Tränen vor lauter Freude. Frau Bertel nahm mich in den Arm und drückte mich an sich. Sie sagte: „Ursel, es wird schon alles gut werden für dich. Ich lass jetzt das ‚Sie' weg und sage ‚Du', einverstanden?"

Schluchzend stand ich vor ihr, aber bald packte ich weiter mit Begeisterung aus. Mein Geschenk war eine schöne rotweiße Leinentischdecke mit sechs Servietten, dann noch ein hübsches Nachthemd und vier weiße Kissenbezüge mit Hohlsaumstickerei, auch eine Elvis-Single war dabei. Ich war verzaubert. Es war eine schöne Stimmung, den Abend würde ich nie vergessen.

Am nächsten Tag fuhr ich zu meiner Mutter. Es wurde ein schöner, ruhiger Nachmittag. Mutter hatte einen Stollen gekauft, ich hatte Kekse mitgebracht und als Geschenk bekam sie eine blaue Bluse von mir, das war ihre Lieblingsfarbe. Sie schenkte mir eine Armbanduhr, die einen kleinen Schutzdeckel hatte. Es war unsere erste echte Bescherung nach dem Krieg.

Am nächsten Tag fuhr ich am Nachmittag wieder zurück nach Krefeld. Ich wurde am Abend von Arno abgeholt und wir fuhren zu seinen Eltern, die noch anderen Besuch bekommen hatten. Als ich dort ins Wohnzimmer trat, traf mich fast der Schlag. Die Frau, die da im Sessel saß, war diejenige, mit der ich in Schmölln beim Konditor Hoppe zusammen gearbeitet und in einem Zimmer geschlafen hatte. Sie war inzwischen verheiratet. Wir lagen uns in den Armen. Nach der Begrüßung wurde für alle geklärt, was es mit unserer Bekanntschaft auf sich hatte. Es wurde eine richtige Wiedersehensfeier. Wir beide hatten uns viel zu erzählen. „Die Welt ist doch klein", meinte Frau Bertel, als ich ihr davon berichtete.

Eine Zukunft für uns

Eine glückliche Fügung half Klaus und mir dann doch noch. Klaus' Schwester wollte im April heiraten und sich dafür von Bertels den Mercedes als Brautfahrzeug ausleihen. Am Freitag, dem 13. April 1957, kamen der zukünftige Bräutigam und Klaus am Vormittag zu Bertels und wollten das Fahrzeug auf Hochglanz bringen. Ich würdigte Klaus keines Blickes, aber innerlich riss es mir fast das Herz raus vor Kummer. Als ich dann mal wieder am Auto vorbeikam, lächelte Klaus mich ganz verstohlen an. Ich ließ mich nicht mehr blicken und verrichtete meine Arbeit. Mein Herz aber gehörte wieder Klaus, das wusste ich. Nur, wann würden wir uns wieder treffen?

Wochen gingen dahin, dann kam er plötzlich zum Einkaufen und setzte sich bei der Gelegenheit zu mir in die Küche. Er meinte, dass er jetzt bei seinem Vater wohnen würde und wieder in seinem Beruf in Krefeld arbeiten würde. Ich sagte ihm, dass ich mit Arno befreundet sei, aber es kam keine Reaktion.

Wir gingen unserer Wege und ich glaubte nicht, dass wir uns irgendwann näherkommen würden. Dann aber kam er immer mal spät am Abend oder sonntagnachmittags vorbeigefahren, um zu sehen, ob ich da sei. Eines Tages begleitete er Ilona, unser Lehrmädchen,

Arno und mich zum Tanzen. Ich hockte zwischen zwei Stühlen, oder besser gesagt, zwischen zwei Männern. Arno spürte wohl schon, dass da was nicht stimmte. Als Arno den Saal kurz verließ, forderte mich Klaus zum Tanz auf. Von da an waren wir unzertrennlich. Arno stand in der Tür und konnte es nicht fassen, seine Ursel verloren zu haben. Er hatte sich große Hoffnungen gemacht, aber die Liebe zwischen Klaus und mir war stärker. Es tat mir leid für ihn, aber es war nicht zu ändern.

Arno wollte nicht akzeptieren, dass es aus war. Immer wieder kam er mich besuchen, obwohl ich mit ihm alles geklärt hatte. Er verfolgte mich regelrecht. Klaus sagte ihm irgendwann klipp und klar die Meinung. Von da an hatte ich Ruhe. Als Frau Bertel merkte, dass ich jetzt fest mit Klaus ging, wurde sie anders zu mir. Letztlich aber war ich mit 21 Jahren mündig geworden, da konnte mir keiner reinreden.

Klaus und ich waren bitterarm. Er verdiente im Monat 700 Mark für die schwere Arbeit unter Tage im Bergwerk. Von dem Geld musste er leben und unterstützte auch noch seine Mutter und die Schwestern in der DDR. Er hatte gerade 700 Mark gespart und ich besaß nur die paar Sachen im Schrank. Vielleicht war es das, was uns zusammenschmiedete.

Klaus sollte von zu Hause ausziehen und ein möbliertes Zimmer würde einiges kosten. Er wollte Familie Bertel fragen, ob er ein Zimmer bei ihnen bekommen könne. Sie vermieteten ständig, warum also nicht. Nach ihrer Einwilligung zog er mit seinen paar Habseligkeiten bei uns in ein winziges Kämmerlein. Er hatte eine Arbeitsstelle bei einem Malermeister auf dem Südwall bekommen, so war wenigstens das Auskommen gesichert. Der Malermeister hatte viel Geduld, denn Klaus hatte in der DDR gelernt, wo vieles anders war. Aber die Liebe verlieh uns Kraft und Zuversicht.

Bertels waren nicht begeistert, sie fürchteten, dass ich bald nicht mehr bei ihnen arbeiten würde, wenn ich Klaus erst heiratete. Deshalb bat Herr Bertel den Herrn Dorn auch darum, dass er uns den Umgang verbieten solle. Als dieser ablehnte, musste Klaus wieder ausziehen.

Wenn wir uns abends im Stadtpark auf unserer Lieblingsbank trafen, überlegten wir, wie wir unsere Zukunft gestalten wollten. Eines Tages sagte Klaus: „So, jetzt ist Schluss mit der harten Arbeit bei Bertels, das mach ich nicht mehr mit, dass du dich kaputtarbeitest. Wir heiraten und dann werden wir uns eine Wohnung oder ein Zimmer suchen. Die Hauptsache ist, du kommst von Bertels weg!" Ich traute meinen Ohren nicht. „Ursel, wenn du nicht kündigst, dann tu ich es für dich. Ich kann nicht mehr mit ansehen, wie du schuftest."

Bevor ich dazukam, seinen Vorschlag in die Tat umzusetzen, erwischte mich allerdings die asiatische Grippe und fesselte mich ans Bett. Bertels kümmerte das wenig, ich lag allein in meinem Zimmer – kein Arzt, keine Medikamente. Als Klaus kam und das Elend sah, machte er sich daran, mich eigenhändig wieder aufzupäppeln, und als ich wieder bei Kräften war, beschlossen wir, gemeinsam unseren Hochzeitstermin festzusetzen und damit meinen endgültigen Abschied von Bertels.

Gemeinsam statt einsam

Es sollte der 4. Oktober 1958 sein. Wir sagten niemandem etwas und wollten uns beim Standesamt Krefeld anmelden. So einfach war das aber nicht, wir hatten beide keine Geburtsurkunde. Klaus schrieb nach Heiligenstadt an seine Mutter und bekam den Nachweis bald geschickt. Bei mir war es nicht so leicht. Ich musste mich an das Hauptstandesamt Deutschland in Berlin wenden. Da meine Papiere von den Russen vernichtet worden waren, musste meine Existenz erst einmal geprüft werden. Nach 14 bangen Tagen bekam ich die Urkunde zugeschickt. Nun stand unserer ersehnten Hochzeit nichts mehr im Weg.

Naja, fast nichts, denn wir hatten kein Geld, um eine schöne Feier auszurichten, noch nicht mal ein Zuhause. Da wir die Baracke meiner Mutter nicht nutzen konnten, blieb nur noch die Zweizimmerwohnung von Klaus' Vater. Da wohnten aber bereits vier Leute, wie sollte das gehen? Sie beruhigten uns, dass sie ausräumen würden. Nur der Herd müsste drinbleiben, damit wir uns das Hochzeitsessen kochen könnten. Da Käthe, die zweite Frau meines zukünftigen Schwiegervaters, eine gute Köchin war, wollte sie das für uns übernehmen, denn ich musste am Morgen unseres Hochzeitstages bei Bertels arbeiten. Danach machte ich mich in meinem kleinen Kämmerlein zurecht, brachte meine Haare in Form, zog mein blaues Kostüm an, eine weiße Bluse darunter und dazu ein paar beige Schuhe. Die Handtasche schenkte Klaus mir zur Hochzeit.

Als ich fertig angekleidet war, fuhr ich mit dem Bus zu Klaus. Er erwartete mich schon im schwarzen Anzug. Er sah umwerfend aus und ich war überglücklich an diesem Tag.

Die Trauung war für elf Uhr angesetzt. Als wir im Standesamt waren, merkte Klaus, dass er seinen Ausweis vergessen hatte. Im Dauerlauf rannte er zurück nach Hause. Als er wiederkam, ging es ohne Verschnaufpause ins Trauzimmer. Als Abschluss wurde ein Bild von unserer Trauung gemacht. „Nun sind wir ein Paar und kämpfen gemeinsam für unser Weiterkommen, Ursel", sprach Klaus ganz feierlich. Das wollten wir auch ewig beibehalten.

Als Erstes bemühten wir uns um eine Wohnung, damit ich bei Bertels kündigen konnte. Es sollte noch ein paar Wochen dauern und solange blieb ich noch in Brot und Lohn bei ihnen. Klaus' Schwester half mir, eine Bleibe für uns zu finden. Wir mieteten ein möbliertes Zimmer in der Stadtmitte, in einem Haus mit mehreren Wohnungen. Unsere Wohnung war im Parterre und vor dem Krieg erbaut worden. Wir waren froh über unsere Unterkunft. Die Toilette befand sich hinten im Hof für mehrere Mieter, das war aber in diesen Häusern so üblich. Im Zimmer selbst standen ein kleiner Schrank unterm Spülbecken, ein Tisch und vier alte Stühle.

Kurz vor Weihnachten zogen wir ein. Wir kauften uns ein Schlafsofa, einen winzigen Wohnzimmerschrank, ein kleines Radio und einen Zweiplattenkocher. Einen kleinen Kleiderschrank brachte Klaus mit. Meine Habseligkeiten lagen in einem Wäschekorb: einmal Bettwäsche, die Tischdecke, die mir Frau Bertel geschenkt hatte, ein paar Handtücher und Aluminiumkochtöpfe, je zwei Teller, Tassen und Besteck. Die Möbel zahlten wir wöchentlich ab, immer fünf Mark pro Woche. Es dauerte lange, bis wir schuldenfrei waren.

Wir verbrachten die erste Weihnacht für uns alleine und leisteten uns sogar einen kleinen Weihnachtsbaum mit weißen Kugeln und Lametta. So begann unser erstes Ehejahr.

Endlich angekommen

Ich wurde schnell schwanger. Unser Kind der Liebe wurde im September 1959 geboren, ein gesunder Junge. Die

Geburt selbst war nicht so leicht für mich. Mein Kind, das um zwei Uhr nachts geboren wurde, bekam ich erst am folgenden Tag um elf zu Gesicht. Der Vater, ganz glücklich, sah sein Kind eher. Als er ins Zimmer kam, fragte er: „Wo ist unser Kind?" Er ging zur Babystation und ließ sich seinen Sohn durch die Glasscheibe zeigen. Danach kam er freudestrahlend zu mir. Voller Neugier fragte ich den frischgebackenen Vater: „Wie sieht denn unser Kind aus? Ist auch alles dran an ihm?" Die Antwort war: „Der sieht aus wie Adenauer, ganz schrumpelig!"

Ich bekam solch einen Schreck, dass ich gleich zu weinen anfing. Klaus aber nahm mich in den Arm und tröstete mich, es sei doch nur ein Vergleich gewesen.

Klaus sollte dann losgehen und den Kleinen auf dem Standesamt anmelden. Wir hatten ‚Ingo' oder ‚Ignaz' als Namen ausgesucht, einigten uns dann aber auf Ingo. Beim Standesamt war, vor lauter Freude über den Sohn, alles vergessen, und es wurde der Name ‚Klaus' eingetragen, wie der Vater. Fortan hatte ich zwei Kläuse. Wenn ich dann später einen rief, antworteten immer beide.

Wir bekamen bald eine Bleibe gar nicht weit von unserer bisherigen Wohnung. Da ging es schon viel besser vom Platz her, nur der Verdienst reichte nicht hin und nicht her. Aber egal, Klaus wuchs als unser Sonnenschein heran. Papa fuhr jeden Sonntag stolz seinen Sohn im Korbkinderwagen aus. Ich machte derweil das Mittagessen und war endlich nicht mehr auf der Flucht. Ich war in meinem Leben angekommen.

Fotos und Dokumente

von 1948 bis 1958

Abb. 1 (1951) Ursula in Weißbach (DDR)

Abb. 2 (1953) Mutter in Weißbach (DDR)

![Abb. 3]

Abb. 3 (1. Mai 1953) Sportfest auf dem Pfefferberg in Schmölln. Ursula in der ersten Reihe mit dunkler Jacke, Ursulas Freundin Inge links außen vor der Frau im weißen Kleid.

Abb. 4 (1. Mai 1953) Sportfest auf dem Pfefferberg in Schmölln. Ursula rechts außen stehend mit Haarreif, Freundin Inge davor gebückt stehend.

Abb. 5 (1. Mai 1953) Sportfest auf dem Pfefferberg in Schmölln. Ursula links außen, Freundin Inge rechts außen.

Abb. 6 (1955) Ursula (rechts) und Freundin **Beate** als Näherinnen im Berufsbekleidungswerk

Abb. 7 (1957) Ursula bei Familie Bertel

Abb. 8 (1957) Ursula spielt Karten (Rommee) bei Familie Bertel

Abb. 9 (1957) Ursula bei Familie Bertel in Dienstkleidung

Abb. 10, 11, 12 (1958) Die sportliche Ursula im Garten von Familie Bertel

oben: Abb. 13 (1958) Ursula, noch bei Familie Bertel, in ihrer Ausgehkleidung, der ersten Errungenschaft vom selbstverdienten Geld

rechts: Abb. 14 (4. Oktober 1958) Ursulas Schwiegervater, Ursula, Mann Klaus und Trauzeuge Karl Michel (von links) bei der Hochzeit am Standesamt Krefeld Friedrichstraße.

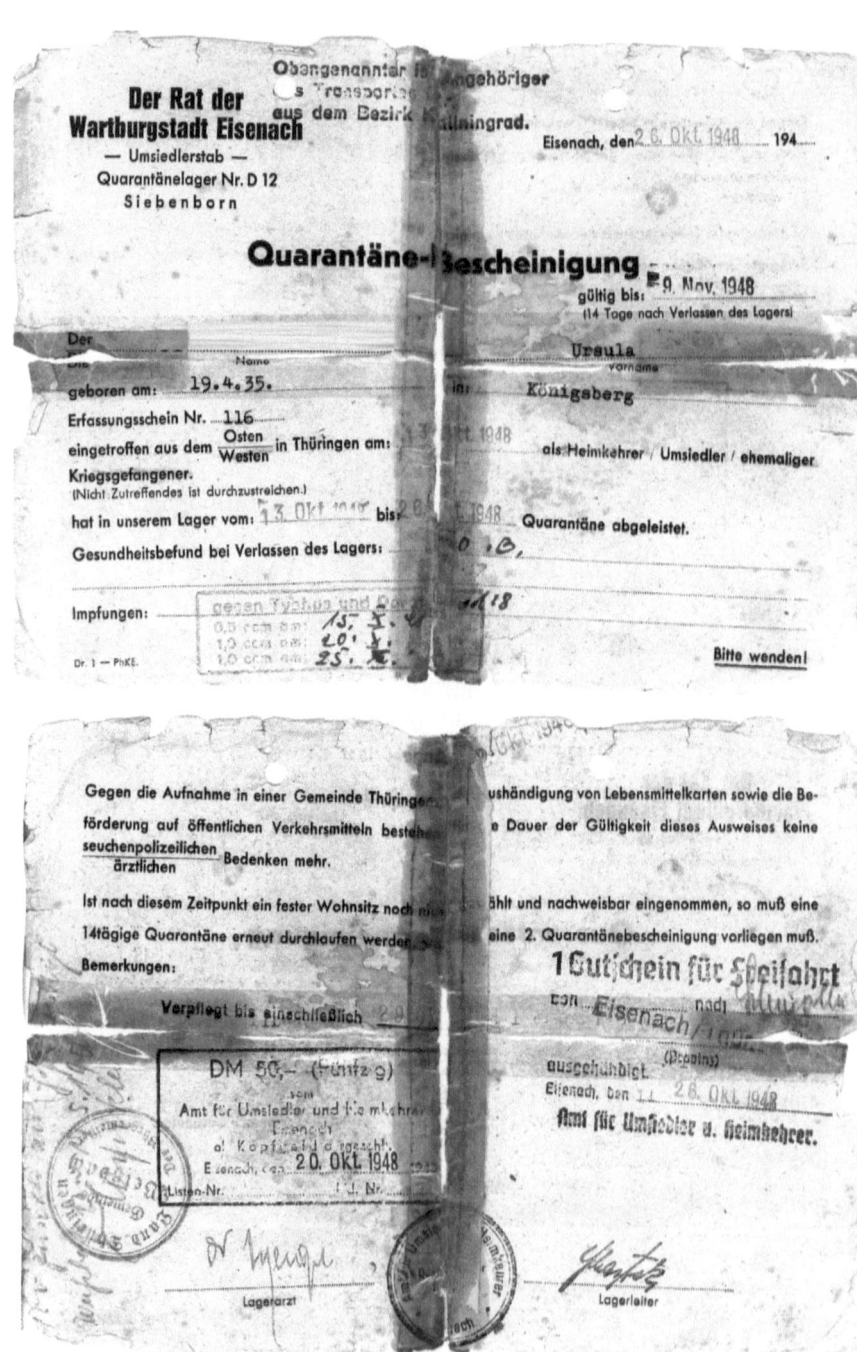

Der Rat der
Wartburgstadt Eisenach

— Umsiedlerstab —
Quarantänelager Nr. D 12
Siebenborn

Obengenannter is... ngehöriger
...s Transpor...
aus dem Bezirk K...lningrad.

Eisenach, den 26. Okt. 1948 194....

Quarantäne-Bescheinigung

gültig bis: 9. Nov. 1948
(14 Tage nach Verlassen des Lagers)

Der ......

Name .... Ursula
Vorname

geboren am: 19.4.35. .... in: Königsberg

Erfassungsschein Nr. 116

eingetroffen aus dem Osten/Westen in Thüringen am: ...... Okt. 1948 ...... als Heimkehrer / Umsiedler / ehemaliger Kriegsgefangener.
(Nicht Zutreffendes ist durchzustreichen.)

hat in unserem Lager vom: 13. Okt. 1948 bis 26 ..... 1948 Quarantäne abgeleistet.

Gesundheitsbefund bei Verlassen des Lagers: .....

Impfungen: ...... gegen Typhus und ...... 1|18
0.5 ccm am: 15. X.
1.0 ccm am: 20. X.
1.0 ccm am: 25. X.

Dr. 1 — PhKE.

Bitte wenden!

Gegen die Aufnahme in einer Gemeinde Thüringe... ...ushändigung von Lebensmittelkarten sowie die Be-

förderung auf öffentlichen Verkehrsmitteln bestehe... ... Dauer der Gültigkeit dieses Ausweises keine

seuchenpolizeilichen/ärztlichen Bedenken mehr.

Ist nach diesem Zeitpunkt ein fester Wohnsitz noch ni... ...ählt und nachweisbar eingenommen, so muß eine

14tägige Quarantäne erneut durchlaufen werde... ... eine 2. Quarantänebescheinigung vorliegen muß.

Bemerkungen:

1 Gutschein für Speisfahrt

von Eisenach/... nach ......
(Prpnins)

ausgehändigt

Eisenach, den 26. Okt. 1948

Amt für Umsiedler u. Heimkehrer.

Verpflegt bis einschließlich 2.9.....

DM 50,— (fünfzig)
...om
Amt für Umsiedler und ...eimkehrer
Eisenach
al Kopfgeld e... gezahlt.
Eisenach, den 20. Okt. 1948
Listen-Nr. ...... ld. Nr. ......

Lagerarzt   Lagerleiter

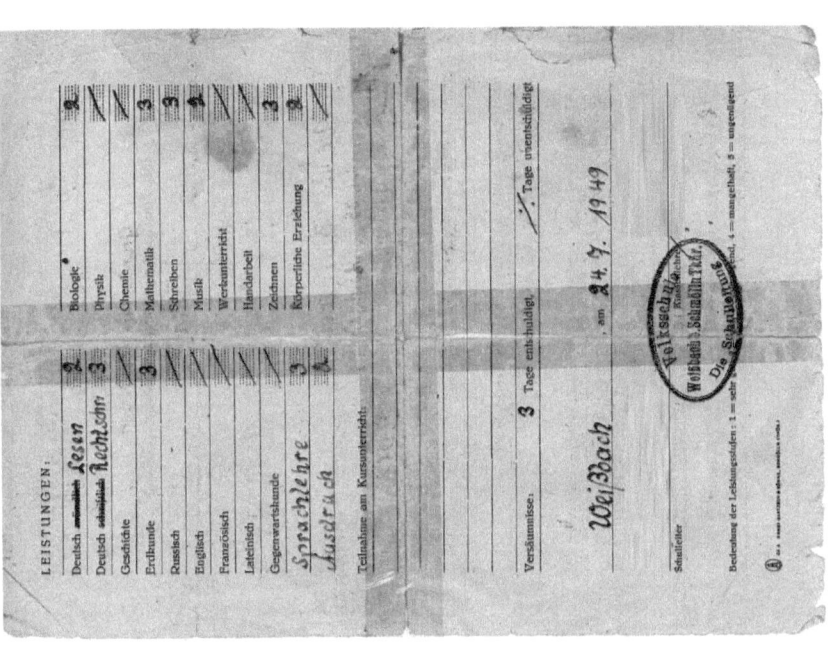

Abb. 16 (24. Juli 1949) Ursulas Abschlusszeugnis der
Deutschen Einheitsschule, Grundschule Weißbach

Abb. 17 (28. Februar 1953)
Regierung der Deutschen
Demokratischen Republik,
Staatssekretariat für Berufsbildung:
Ursulas Facharbeiterzeugnis für
die Prüfung als Knopfmacher.
Ursula Dorn vermerkt hierzu
handschriftlich: „Die Stadt Schmölln
war die Knopfmacherstadt in ganz
Deutschland zu der damaligen Zeit.
Ich habe den Beruf Knopfmacher
und davon gab es nur 6 in der Zeit
von 1950 bis 1955, was auch staatlich
dokumentiert ist. Mein Zeugnis ist
noch das letzte, was vorhanden ist,
und deshalb mit Seltenheitswert."

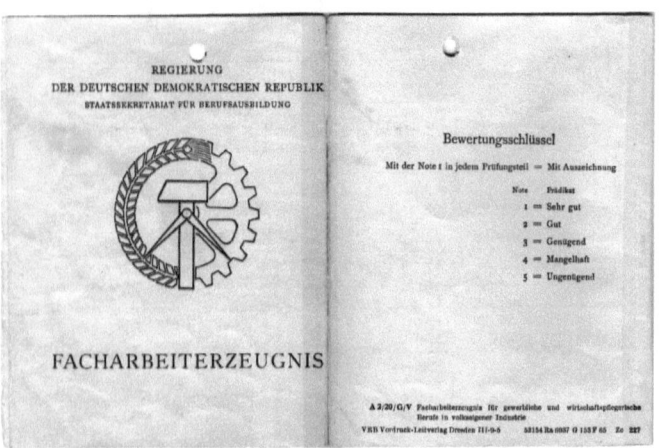

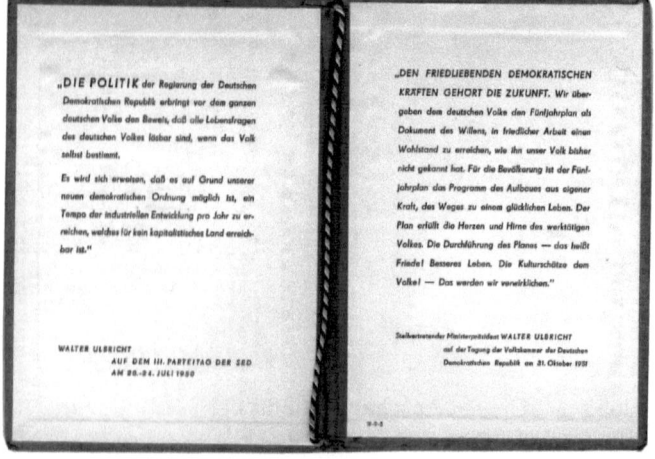

FACHARBEITERZEUGNIS

Name __Ursula__ Vorname, geboren am __19.4.1935__ in __Königsberg__

hat die Prüfung als

Knopfmacher

abgelegt und mit

genügend

bestanden

Schmölln, den __28.2.__ 195 3

Schöbel
Leiter der Abteilung Arbeit und Berufsausbildung

Dienstsiegel
DEUTSCHE DEMOKRATISCHE REPUBLIK

Schilling
Vorsitzende des Prüfungsausschusses

LEISTUNGSZEUGNIS ÜBER DIE PRAKTISCHE BERUFSAUSBILDUNG

Name __Ursula__ Vorname, geboren am __19.4.1935__ in __Königsberg__

In den VE-Betrieb (Lehrwerkstatt) __VEB-Knopffabrik Schmölln__ eingetreten am __1.1.50__
Gesellschaftliche Entwicklung im Ausbildungsbetrieb: __Nahm am gesellschaftlichen Leben teil__

Beurteilung vom Ausbildungsbetrieb	Prädikat	Beurteilung der berufspraktischen Prüfung	Prädikat
Gesellschaftliches Verhalten:	genügend	Güte der Arbeit:	gut
Pünktlichkeit:	genügend	Einhaltung der Normzeit:	sehr gut
Fleiß:	gut	Selbständigkeit:	genügend
Ordnung:	gut	Führung der Berichtshefte:	gut

Die berufspraktische Prüfung wurde mit dem Prädikat __gut__ bestanden.

Schmölln, den __28.2.__ 195 3
Sebastian
Ausbildungsleiter

Schmölln, den __28.2.__ 195 3
Schilling
Für den Prüfungsausschuß

LEISTUNGSZEUGNIS ÜBER DIE THEORETISCHE BERUFSAUSBILDUNG

Name __Ursula__ Vorname, geboren am __19.4.1935__ in __Königsberg__

In die __Gew.__ Berufsschule in __Schmölln__ eingetreten am __1.9.49__ in die Fachklasse __Kn 9__
Aus der __Gew.__ Berufsschule in __Schmölln__ entlassen am __28.2.53__ aus der Fachklasse __Knopf 9/11__
Gesellschaftliche Entwicklung in der Schule: __U. war vor allem sportlich interessiert.__

Beurteilung: _Allgemeine Zensuren_

	Prädikat		Prädikat
Gesellschaftliches Verhalten:	gut	Häuslicher Fleiß:	gut
Mitarbeit:	genügend	Ordnung:	sehr gut
Leistungen			
Fachkunde:	genügend	Gesellschaftskunde:	genügend
Fachrechnen:	gut	Deutsch:	genügend
Fachzeichnen:	genügend		
		Mathematik:	-
		Physik:	-
		Chemie:	-
		Körperliche Erziehung:	-

Die Schulabschlußprüfung wurde mit dem Prädikat __genügend__ bestanden.

Paske
Schulleiter

Schmölln, den __24.1.__ 195 3

Heinz Albrecht
Für den Prüfungsausschuß

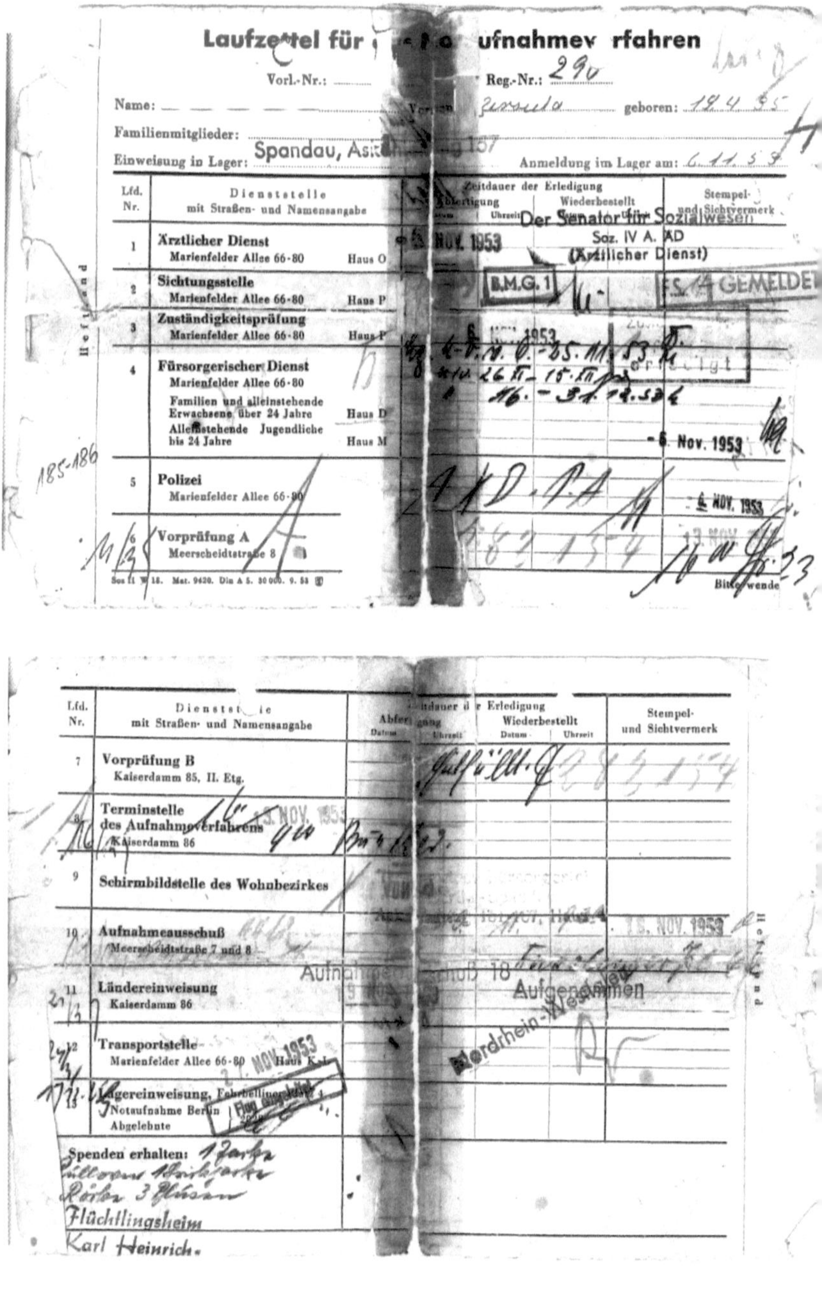

Laufzettel für ... aufnahmeverfahren

Vorl.-Nr.: _____   Reg.-Nr.: 290

Name: _____   Vorname: Ursula   geboren: 19.4.35

Familienmitglieder: _____

Einweisung in Lager: Spandau, Ask... weg 137   Anmeldung im Lager am: 6.11.53

Lfd. Nr.	Dienststelle mit Straßen- und Namensangabe		Zeitdauer der Erledigung Abfertigung / Uhrzeit	Wiederbestellt	Stempel- und Sichtvermerk
1	Ärztlicher Dienst Marienfelder Allee 66-80	Haus O	5. NOV. 1953		Der Senator für Sozialwesen Soz. IV A. AD (Ärztlicher Dienst)
2	Sichtungsstelle Marienfelder Allee 66-80	Haus P	B.M.G. 1		F.S. 4 GEMELDET
3	Zuständigkeitsprüfung Marienfelder Allee 66-80	Haus P	6. ... 1953		
4	Fürsorgerischer Dienst Marienfelder Allee 66-80 Familien und alleinstehende Erwachsene über 24 Jahre Alleinstehende Jugendliche bis 24 Jahre	Haus D Haus M			-6. Nov. 1953
5	Polizei Marienfelder Allee 66-80				6. NOV. 1953
6	Vorprüfung A Meerscheidtstraße 8				

Bitte wende

Lfd. Nr.	Dienststelle mit Straßen- und Namensangabe	Zeitdauer der Erledigung Abfertigung Datum / Uhrzeit	Wiederbestellt Datum / Uhrzeit	Stempel- und Sichtvermerk
7	Vorprüfung B Kaiserdamm 85, II. Etg.			
8	Terminstelle des Aufnahmeverfahrens Kaiserdamm 86	16. NOV. 1953		
9	Schirmbildstelle des Wohnbezirkes			
10	Aufnahmeausschuß Meerscheidtstraße 7 und 8			16. NOV. 1953 Aufnahmeausschuß 18 Aufgenommen
11	Ländereinweisung Kaiserdamm 86			Nordrhein-Westfalen
12	Transportstelle Marienfelder Allee 66-80 Haus K	NOV 1953		
13	Lagereinweisung, Fehrbellingerweg Notaufnahme Berlin Abgelehnte			

Spenden erhalten: 1 Paar ...
... Strickjacke
... Röcke 3 Hosen
Flüchtlingsheim
Karl Heinrich.

Abb. 18 (6. November 1953) Ursulas Laufzettel für das Aufnahmeverfahren im Lager Spandau, Berlin West

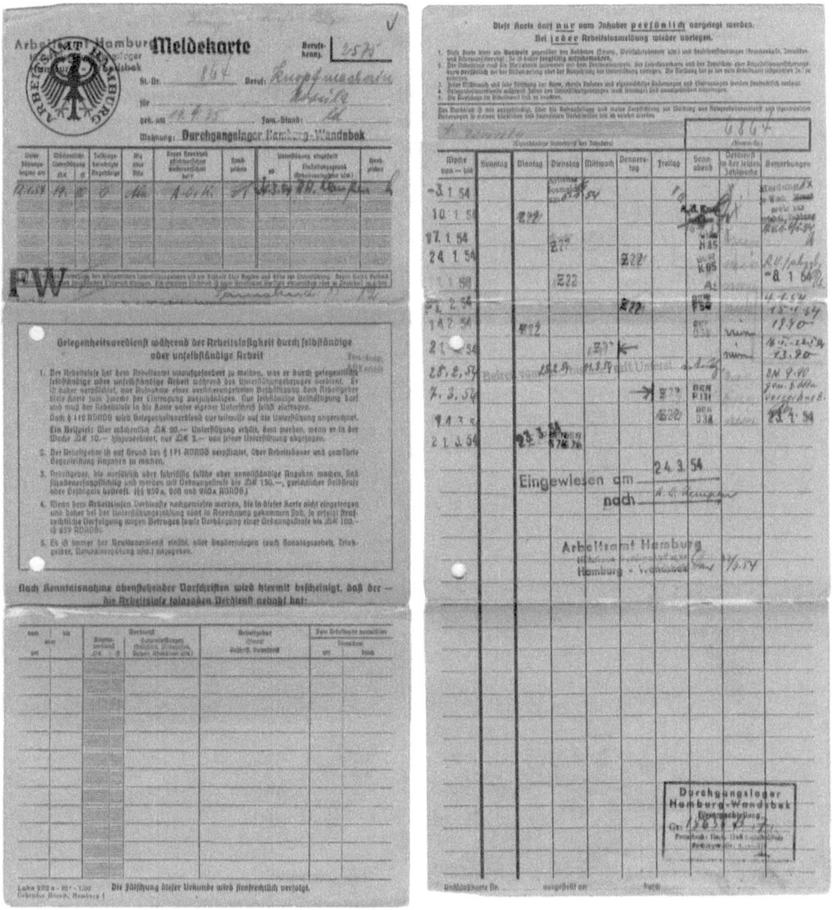
Arbeitsamt Hamburg

Meldekarte

Wohnung: Durchgangslager Hamburg-Wandsbek

FW

Gelegenheitsverdienst während der Arbeitslosigkeit durch selbständige oder unselbständige Arbeit

Nach Kenntnisnahme obenstehender Vorschriften wird hiermit bescheinigt, daß der — die Arbeitslose folgenden Verdienst gehabt hat:

Die Fälschung dieser Urkunde wird strafrechtlich verfolgt.

Diese Karte darf nur vom Inhaber persönlich vorgelegt werden.
Bei jeder Arbeitslosmeldung wieder vorlegen.

Eingewiesen am 24.3.54
nach

Arbeitsamt Hamburg
Hamburg - Wandsbek

Durchgangslager
Hamburg-Wandsbek

Abb. 19 (3. Januar 1954) Ursulas Meldekarte vom Arbeitsamt Hamburg, Durchgangslager Hamburg-Wandsbek, „Fürsorgeabteilung"

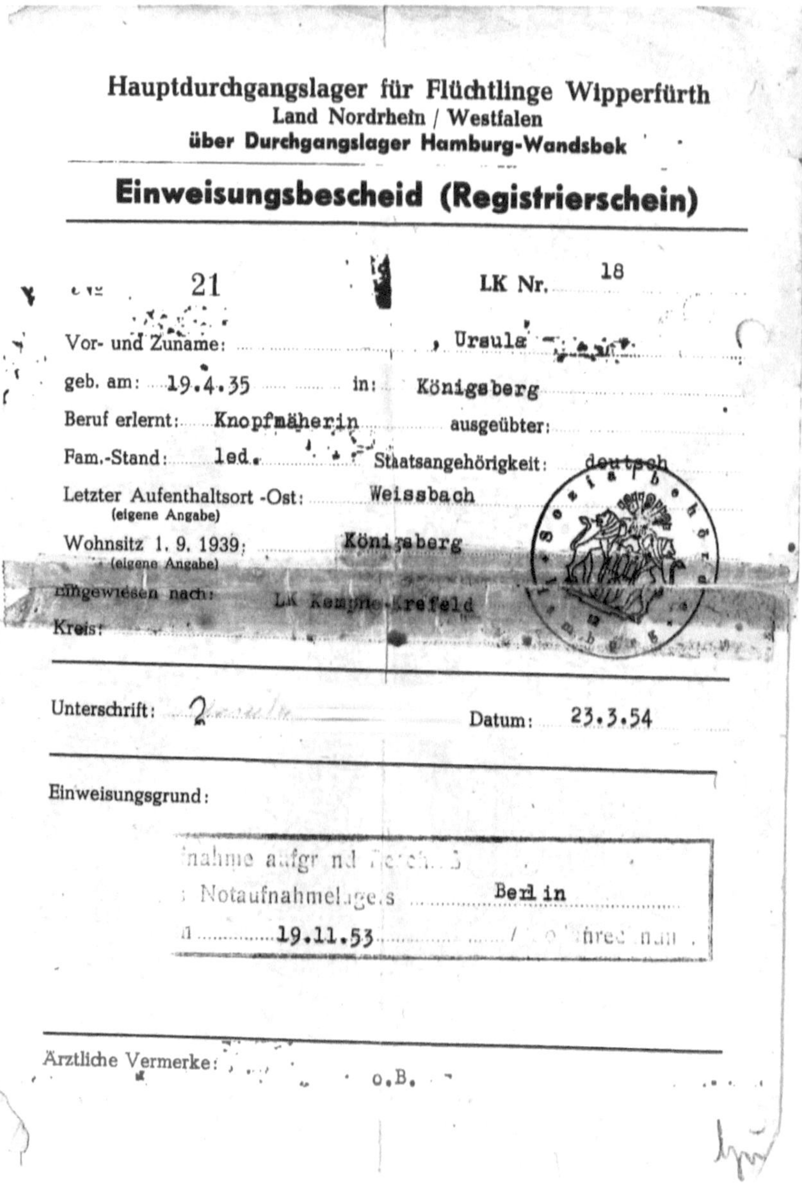

Hauptdurchgangslager für Flüchtlinge Wipperfürth
Land Nordrhein / Westfalen
über Durchgangslager Hamburg-Wandsbek

Einweisungsbescheid (Registrierschein)

21   LK Nr.   18

Vor- und Zuname: ...., Ursula ....

geb. am: 19.4.35   in: Königsberg

Beruf erlernt: Knopfnäherin ....   ausgeübter:

Fam.-Stand: led.   Staatsangehörigkeit: deutsch

Letzter Aufenthaltsort -Ost: Weissbach
     (eigene Angabe)

Wohnsitz 1. 9. 1939:   ....Königsberg
     (eigene Angabe)

eingewiesen nach: LK Kempen-Krefeld

Kreis:

Unterschrift: ....   Datum: 23.3.54

Einweisungsgrund:

   nahme aufgrund ....
   : Notaufnahmelage.s ....   Berlin
   a ....19.11.53 .... / ... .hrec .n..

Ärztliche Vermerke: .... o.B.   ...

Abb. 20   (23. März 1954) Ursulas Einweisungsbescheid (Registrierschein)
des Durchgangslagers Hamburg-Wandsbek nach Nordrhein / Westfalen

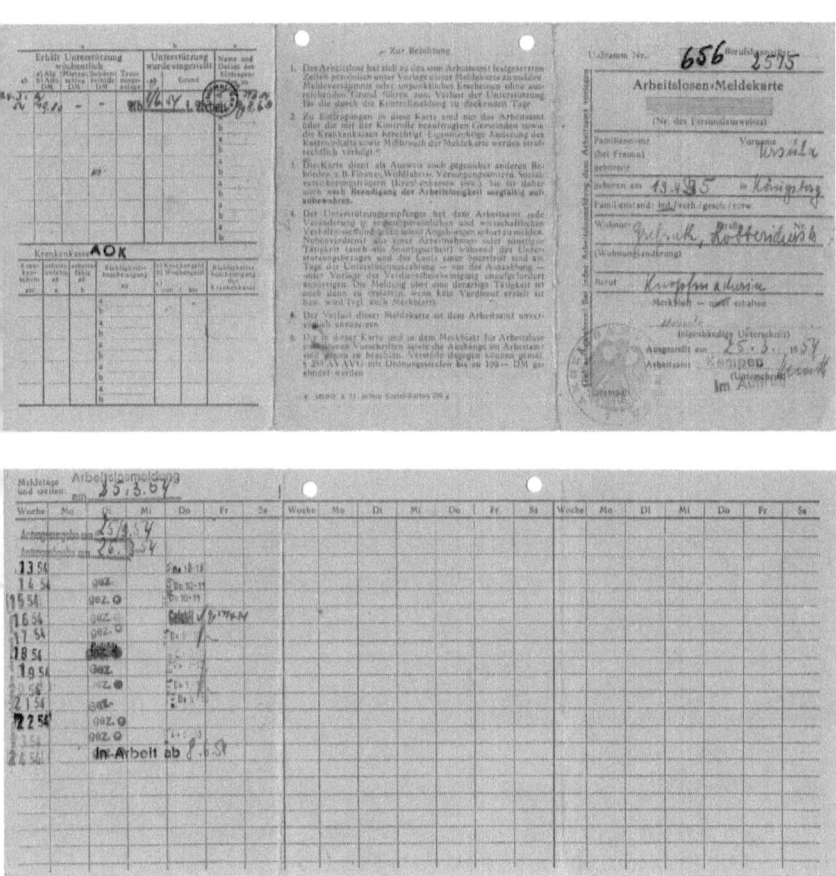

Abb. 21 (25. März 1954) Ursulas Arbeitslosen-
Meldekarte vom Arbeitsamt Kempen

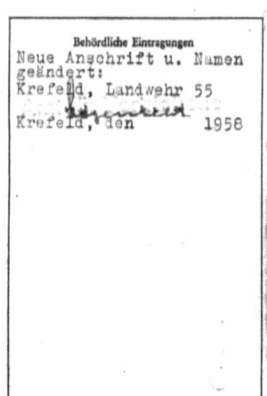
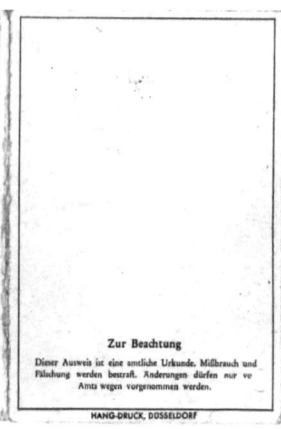

BUNDESREPUBLIK
DEUTSCHLAND

AUSWEIS
für Vertriebene und Flüchtlinge

A

Nummer des Ausweises

513

Zur Beachtung

Dieser Ausweis ist eine amtliche Urkunde. Mißbrauch und
Fälschung werden bestraft. Änderungen dürfen nur vo
Amts wegen vorgenommen werden.

HANG-DRUCK, DÜSSELDORF

Dieser Ausweis gilt nur in Verbindung mit einem gültigen
Personalausweis.

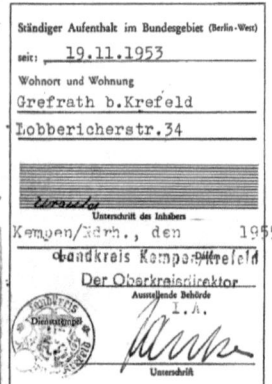
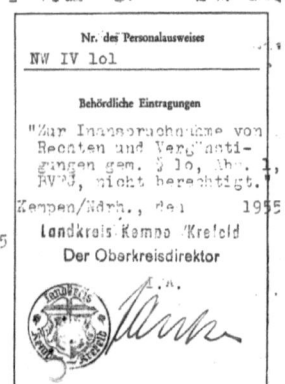

verehelichte: D o r n
Name (bei Frauen auch Geburtsname)

Vornamen (Rufname unterstreichen)
Ursula

Geburtstag 19.4.1935

Geburtsort Königsberg /Ostpr.
(Land, Kreis)

Kinder unter 16 Jahren
Vorname   Geburtstag

1. _____
2. _____
3. _____
4. _____
5. _____
6. _____

Ständiger Aufenthalt im Bundesgebiet (Berlin-West)
seit: 19.11.1953

Wohnort und Wohnung
Grefrath b.Krefeld
Lobbericherstr.34

Unterschrift des Inhabers
Kempen/Ndrh., den   1955
Landkreis Kempen-Krefeld
Der Oberkreisdirektor
Ausstellende Behörde
I.A.
Unterschrift

Nr. des Personalausweises
NW IV 1o1

Behördliche Eintragungen
"Zur Inanspruchnahme von
Rechten und Vergünsti-
gungen gem. § 1o, Abs. 1,
BVFG, nicht berechtigt."
Kempen/Ndrh., den   1955
Landkreis Kempen Krefeld
Der Oberkreisdirektor
I.A.

Abb. 22 (März 1955) Bundesrepublik Deutschland, Ursulas Ausweis für Vertriebene und Flüchtlinge. Hierin der Vermerk „Zur Inanspruchnahme von Rechten und Vergünstigungen gem. §10, Abs. 1 BVFG [Anmerkung: Bundesvertriebenengesetz] nicht berechtigt." Der Paragraf legt den 31.12.1952 als spätesten Stichtag für die Ankunft in der Bundesrepublik fest. Wer danach kam, hatte die Möglichkeit, sich laut §10, Abs. 3 BVFG als „Sowjetzonenflüchtling" anerkennen zu lassen, wenn er/sie aus der SBZ/DDR „flüchten mußte, um sich einer vom ihm nicht zu vertretenden und durch die politischen Verhältnisse bedingten besonderen Zwangslage zu entziehen [...] Eine besondere Zwangslage ist vor allem dann gegeben, wenn eine unmittelbare Gefahr für Leib und Leben oder die persönliche Freiheit vorgelegen hat. Wirtschaftliche Gründe allein rechtfertigen nicht die Anerkennung als Sowjetzonenflüchtling."

Aus Sicht der westdeutschen Behörden hat bei Ursula Dorn offenbar keine „besondere Zwangslage" vorgelegen.

Begriffe der ehemaligen DDR

Deutschlandtreffen: Die FDJ veranstaltete 1950, 1954 und 1964 sogenannte „Deutschlandtreffen der Jugend für Frieden und Völkerfreundschaft". Diese Treffen sollten zur deutschen Einheit – im Sinne der sozialistischen DDR – beitragen.

FDJ: Die „Freie Deutsche Jugend" war der DDR-Jugendverband, das heißt, eine der Massenorganisationen. Er war sozialistisch geprägt und wies eine starke weltanschauliche Bindung auf. Er bot aber auch ein umfangreiches Freizeitangebot.

HO: Die Handelsorganisation wurde 1948 gegründet und war ein volkseigenes Einzelhandelsunternehmen der DDR. Sie war in die Bereiche Industriewaren, Lebensmittel, Gaststätten, Warenhäuser und Hotels gegliedert.

Kasernierte Volkspolizei: Sie war der Vorläufer der „Nationalen Volksarmee" in der DDR. Es handelte sich um militärische Einheiten, obwohl dies begrifflich verdeckt werden sollte.

VEB: „Volkseigener Betrieb" nannten sich die in der DDR verstaatlichten Industriebetriebe.

VVB: „Volkseigene Betriebe" wurden zunächst branchenbezogen in „Vereinigungen Volkseigener Betriebe" zusammengefasst. Diese wurden später meist zu Kombinaten umgewandelt.

Ein ganz normales (Flüchtlings-)Leben oder Vom pädagogischen Wert des Unspektakulären

Ein Kommentar von PD Dr. Winfrid Halder

I.

Der erste Teil von Ursula Dorns Autobiographie[1] zieht den Leser nicht zuletzt durch das Grauen in seinen Bann. Das Grauen, dem die Autorin als Kind wehrlos ausgesetzt war, und das sie gleichwohl überlebt hat – überlebt hat, ohne innerlich zu zerbrechen. Letzteres war vielleicht noch schwieriger als das schiere Sichfestklammern am Leben um fast jeden Preis.

Ursula Dorn hat als knapp Zehnjährige den Untergang Königsbergs überstanden, als im Frühjahr 1945 die Soldaten der Roten Armee in blutigen Kämpfen die traditionsreiche Hauptstadt der Provinz Ostpreußen eroberten. Diese Soldaten hatten Hitlers Wehrmacht, die knapp vier Jahre zuvor die Sowjetunion angegriffen hatte, vor sich hergetrieben, hinaus aus ihrer Heimat, welche im Krieg gegen Deutschland den schrecklichsten Blutzoll zu entrichten hatte. Nun standen sie erstmals auf dem Boden des Aggressors und ihr Rachebedürfnis wurde von der sowjetischen Führung um den blutrünstigen Diktator Josef Stalin nicht nur nicht gebremst, sondern vielmehr gezielt angestachelt. Die Folgen waren entsprechend.[2] Der Leser, der dem Weg Ursula Dorns fort aus dem wüst gewordenen Königsberg hinüber ins vermeintlich bessere Überlebenschancen bietende Litauen folgt, vermag sich kaum dem Gefühl der würgenden Angst und der existentiellen Not

---

1   Vgl. Dorn, Ursula: Ich war ein Wolfskind aus Königsberg, 2. Aufl., Salzburg 2008.
2   Vgl. Kossert, Andreas: Damals in Ostpreußen. Der Untergang
    einer deutschen Provinz, München 2008, S. 139 ff.

zu entziehen, welche die Autorin mehr als zwei Jahre lang durchlitt. Dass sie schließlich mit ihrer Mutter doch noch in einen der Züge geriet, mit denen die letzten deutschen Bewohner des nördlichen, inzwischen faktisch der Sowjetunion angegliederten Ostpreußen nach Westen deportiert wurden, erscheint als geradezu wundersame Rettung.

Kurz nach der Ankunft der beiden Frauen im Oktober 1948 in der damaligen Sowjetischen Besatzungszone (SBZ), aus der 1949 die DDR hervorging, endet der erste Teil der Autobiographie. Nun würde alles gut werden für Ursula Dorn, ohne Krieg und unablässigen Kampf um das tägliche Brot – mit dieser Hoffnung konnte der Leser den Band aus der Hand legen.

II.

Die Autorin hat sich jedoch entschlossen, ihre Lebensbeschreibung fortzusetzen, obwohl sie vor einem Problem stand, das für jeden Schreibenden eine Herausforderung darstellt: Wie erzählt man eine Geschichte, die scheinbar keinem großen Spannungsbogen folgt? Das Toben der Kriegsfurie und das illegale Leben im fremden Land, ständig bedroht von Verrat und Verfolgung, das waren die Elemente, die der Darstellung des ersten Teils Dramatik verliehen. Nichts davon im zweiten Teil, dessen Rahmen von der vermeintlich leidlich sicheren Normalität des ersten Nachkriegsjahrzehnts abgesteckt wird. Und doch ist es gut, dass Ursula Dorn sich der Mühe unterzogen hat, auch dass Unspektakuläre nicht unerzählt zu lassen. Denn es ist auf seine spezifische Art ebenso lehrreich wie die Geschichten, die wie ein Fanfarenstoß daherkommen.

Die Erlebnisse Ursula Dorns gleichen wohl in vieler Beziehung dem, was Hunderttausende junger Frauen derselben Generation ihrerseits so oder ähnlich durchgemacht haben. Der entscheidende Unterschied jedoch ist: Ursula Dorn hat ihre Erlebnisse aufgeschrieben. Damit gewinnen sie, nüchtern und unprätentiös im Duktus wie schon der erste Teil, exemplarischen Charakter. Um den Gang der Weltgeschichte, der Geschichte „an sich" zu umreißen, bedarf es der Abstraktion – und die ist Sache der Philosophen und professionellen Historiker. Um aber Geschichte nachvollziehbar zu machen für Menschen, die sich dafür interessieren, ohne dabei gleich akademischen Ehrgeiz zu entwickeln (und das sind die meisten), bedarf es des Beispiels. Ein solches aber verdanken wir Ursula Dorn.

Da ist so viel in diesem Leben, das Ursula Dorn führen musste, das den historischen Charakter ihrer Umwelt damals ein Stück weit fassbar werden lässt. Mit der Ankunft in der SBZ beginnt für Ursula Dorn und ihre Mutter keineswegs die Freiheit. Schon der Umstand, dass es sie in das thüringische Dörfchen Weißbach verschlägt, ist ja durchaus nicht das Ergebnis eines selbstbestimmten Aktes. Die beiden Frauen werden im Wege einer behördlichen Einweisung dorthin beordert. Im von massiven Zerstörungen geprägten Nachkriegsdeutschland, gleichviel ob im Westen oder Osten, war Wohnraum Mangelware. Nach groben Schätzungen waren kriegsbedingt zwischen 17 und 19% des Wohnungsbestandes der Vorkriegszeit verloren gegangen. Dementsprechend rigoros wurde der verbliebene Wohnungsbestand seitens der Behörden bewirtschaftet, zumal ein erheblicher Teil der verbliebenen Wohnungen von den Besatzungstruppen in Anspruch genommen wurde. Da der Zerstörungsgrad in den Städten am größten war, wurde ein großer Teil der Wohnungssuchenden in kleine und kleinste Ortschaften geschickt.[3]

Der Mangel an Unterkunftsmöglichkeiten wurde seit 1945 noch massiv verschärft, denn in den vier Besatzungszonen, in die Deutschland von den Siegermächten zunächst aufgeteilt worden war, mussten nicht nur mehrere Millionen von Menschen untergebracht werden, die infolge des Bombenkriegs obdachlos geworden waren, sondern darüber hinaus noch insgesamt circa zwölf Millionen Flüchtlinge und Vertriebene, die aus dem bisherigen deutschen Osten westwärts strömten. Auf der Potsdamer Konferenz der Hauptsiegermächte des Zweiten Weltkrieges – USA, Großbritannien und Sowjetunion – war im Juli und August 1945 beschlossen worden, die bereits in Gang befindlichen Vertreibungen vor allem aus den Gebieten östlich von Oder und Lausitzer Neiße nicht zu stoppen, sondern lediglich in geordnete Bahnen zu lenken. Damit war eine dauerhafte Abtrennung der betroffenen Gebiete, die bisher zum Territorium des Deutschen Reiches gehört hatten, im Grunde festgelegt.[4]

Während Ursula Dorn also noch ums Überleben rang, waren auf der Ebene der hohen Politik die Würfel über das Geschick ihrer Heimat Ostpreußen längst gefallen: Der südliche Teil wurde dem wieder gegründeten

---

3   Vgl. Führer, Karl Christian: Wohnungen, in: Benz, Wolfgang (Hg.): Deutschland unter alliierter Besatzung 1945-1949/55. Ein Handbuch, Berlin 1999, S. 206-209; S. 206 ff.
4   Vgl. Benz, Wolfgang: Potsdam 1945. Besatzungsherrschaft und Neuaufbau im Vier-Zonen-Deutschland, 3. Aufl., München 1994, bes. S. 81 ff.

polnischen Staat zugeschlagen, der nördliche mit der Hauptstadt Königsberg fiel an die Sowjetunion.[5]

Ursula Dorn und ihre Mutter gehörten zu den rund 4,3 Millionen heimatlos gemachten Menschen, die in der SBZ Aufnahme fanden (in den Westzonen waren es circa acht Millionen). Und sie kamen relativ spät; bis 1948 war der Vertreibungsvorgang in der Hauptsache beendet, das heißt, die Masse der Vertriebenen war vor ihnen da.[6] Thüringen, wohin Mutter und Tochter behördlich verwiesen wurden, hatte insgesamt fast 686.000 Flüchtlinge und Vertriebene unterzubringen, deren Anteil an der Gesamtbevölkerung des Landes auf fast ein Viertel hochschnellte. Der Prozentanteil der Flüchtlinge und Vertriebenen in der ganzen SBZ/DDR lag in etwa genauso hoch.[7]

Zugleich erreichte die auf die unfreiwilligen Zuwanderer bezogene Politik der von der Besatzungsmacht installierten kommunistischen SED-Machthaber um Wilhelm Pieck und Walter Ulbricht eine neue Etappe: Das Problem der „Umsiedler" – nur so durften schon seit Herbst 1945 auf Geheiß der Besatzungsmacht die betroffenen Menschen beschönigend genannt werden – wurde kurzerhand für „gelöst" erklärt. Nach offizieller Lesart waren die vier Millionen Flüchtlinge und Vertriebenen in der SBZ drei Jahre nach Kriegsende vollständig integriert, sowohl sozial wie ökonomisch. Die SED-Oberen wussten gut genug, dass dies ganz und gar nicht der Realität entsprach, gleichwohl verkündeten sie den angeblichen Eingliederungserfolg. Ausschlaggebend dafür waren deutschlandpolitische Gründe:

---

5   Vgl. Kossert, Damals in Ostpreußen, S. 169 ff.
6   Vgl. Franzen, K. Erik: Die Vertriebenen. Hitlers letzte
    Opfer, München 2002 [TB-Ausgabe], S. 124 ff.
7   Vgl. Kossert, Andreas: Kalte Heimat. Die Geschichte der deutschen
    Vertriebenen nach 1945, München 2008, S. 196

Nach innen und außen sollte nach dem Willen der von den übermächtigen sowjetischen Schutzherren in der SBZ an die Macht gebrachten deutschen Kommunisten klar demonstriert werden, dass jede Rückkehr in die Herkunftsgebiete ausgeschlossen, ja in Anbetracht der angeblich erfolgreichen Integration in neuer Umgebung auch gar nicht erforderlich war.[8]

Da die Vertriebenen und Flüchtlinge also angeblich bereits integriert waren, erübrigten sich aus der Sicht der SED jegliche auf diese Bevölkerungsgruppe bezogenen Sondermaßnahmen, vor allem im Bereich der Beschäftigungs- und Sozialpolitik. Es gab folglich keinerlei gezielte Förder- und Unterstützungsmaßnahmen mehr.[9] Dies wiederum schlug auf die „kleine" Existenz von Ursula Dorn und ihrer Mutter durch. Alles muss die junge Frau selbst erarbeiten, nichts wird ihr „geschenkt".

Auch die Tatsache, dass die überaus lernwillige, inzwischen 14-jährige Ursula schon wenige Monate nach der Ankunft in Weißbach genötigt wird, die Grundschule wieder zu verlassen, spiegelt dies wider. Sie sei nun mal zu alt, heißt es – und das besondere Schicksal des „Wolfskindes" spielt dabei überhaupt keine Rolle. Keine Sonderregelung also für das vertriebene Kind, das es sich wahrhaftig nicht selbst ausgesucht hat, zuvor mehr als drei Jahre lang gar nicht die Möglichkeit zu haben, eine Schule zu besuchen. Dem Schuldirektor mag es an gutem Willen nicht einmal gemangelt haben, die politischen Vorgaben aber ließen ihm keinen Spielraum für eine Ausnahme zugunsten der Schülerin

---

8   Vgl. Amos, Heike: Die Vertriebenenpolitik der SED 1949 bis 1990 (Schriftenreihe der Vierteljahrshefte für Zeitgeschichte, Sondernummer), München 2009, S. 15 ff.

9   Vgl. Franzen, Vertriebene, S. 267 ff.

aus Königsberg, das längst in Kaliningrad umbenannt worden war.

So wird Ursula Dorn Knopfmacherin, nicht weil ihr das als passende Alternative zum weiteren Schulbesuch erschienen wäre, sondern weil es für sie schlicht keine andere Lehrstelle gab – und selbst auf die muss sie noch ein halbes Jahr warten. Nach Antritt der Lehre hat sie täglich einen mehrere Kilometer langen Weg zu Fuß in den Nachbarort zurückzulegen, da sich der Lehrbetrieb dort befindet. Es gibt keinen Bus, und ein Fahrrad ist für das Vertriebenenmädchen ein unerreichbarer Luxus. Im Winter wird der Weg zur Arbeit in Ermangelung halbwegs ausreichend warmer Kleidung und durch das Fehlen einer Straßenbeleuchtung zur Tortur. Und der schmale Verdienst reicht bei weitem nicht aus, um den unverzichtbaren Grundbedarf an Lebensmitteln, Kleidung und Verbrauchsgütern zu decken.

Ursula Dorn muss sich weiterhin, wann immer möglich, bei den Bauern des Dorfes als Hilfskraft verdingen, um hier und da ein Zubrot zu erwerben. Auch diese Erfahrung werden viele Menschen ihrer Generation bestätigen: „Es war eben so: Die, die noch etwas hatten, und das waren in der Regel die Bauern, hatten alle Trümpfe in der Hand." (S. 25)

Der allgegenwärtige Mangel am Notwendigsten in der Nachkriegsgesellschaft schuf Ungleichgewichte, die kein staatliches Bewirtschaftungssystem, dem im Prinzip auch die Bauern unterlagen, wirklich auszugleichen vermochte.

In der SBZ wurde der Nahrungsmangel noch durch agrar- und gesellschaftspolitische Grundsatzentscheidungen der neuen kommunistischen Machthaber – vor allem die bereits 1945 beginnende Zerschlagung der landwirtschaftlichen Großbetriebe im Zuge der sogenannten „Bodenreform" – wesentlich verschärft. Gegen Jahresende 1950 lag die durchschnittliche Kalorienversorgung der Menschen in der DDR gegenüber derjenigen der Bewohner der Bundesrepublik, wo es inzwischen gelungen war, die Agrarproduktion wieder erheblich zu steigern, um rund ein Drittel zurück. Erreicht wurden in der DDR im Schnitt nur circa 2.000 kcal pro Tag, während 3.000 kcal als ernährungsphysiologisch ausreichend für einen „Normalverbraucher" gelten.[10] Kein Wunder also, dass der Kaninchenbraten, den Ursula in der Familie einer Freundin zum Jahreswechsel 1949/50 mitessen darf, zum auch 60 Jahre später im Wohlstandsland Bundesrepublik Deutschland noch unvergessenen Erlebnis wurde.

Ursula Dorn hat die Gründung der DDR am 7. Oktober 1949 miterlebt, allerdings findet dies keinen Niederschlag in ihren Erinnerungen. Zu drängend waren offenbar die Zwangslagen des Alltags, um die politische Spaltung Deutschlands allzu tief ins Bewusstsein dringen zu lassen. Gleichwohl bestimmt die Politik auch das Leben des Knopfmacherlehrmädchens mit. Da sind zum Beispiel die monatlichen Versammlungsabende der Freien Deutschen Jugend (FDJ), die im Betrieb stattfinden. Für Ursula Dorn heißt das, dass sie erst unverhältnismäßig spät nach Hause kommen kann – und am nächsten Morgen so früh aufstehen muss wie sonst auch. Ein Wegbleiben kommt für sie gleichwohl nicht infrage, denn die dann fällige strafweise Lohnkürzung um 5 Mark kann sie sich bei kärglichen 60 Mark Gesamtverdienst im Monat schlechterdings nicht leisten. So zeigt Ursula Dorns Bericht, dass die Freie Deutsche

---

10 Vgl. Trittel, Günter J.: Ernährung, in: Benz, Deutschland unter alliierter Besatzung, S. 117-123; S. 117 ff.

Jugend schon frühzeitig gerade das *nicht* war, was ihr Name zu sein vorgab. Obwohl die Mitgliedschaft formal freiwillig blieb, wurden schon sehr bald Methoden entwickelt, um die Kinder und Jugendlichen in der SBZ/DDR möglichst vollständig in die von der SED gesteuerte Jugendorganisation einzubeziehen.

Schon seit dem Frühjahr 1946 bis Mitte 1955 wurde die FDJ von dem kommunistischen Nachwuchsfunktionär Erich Honecker geleitet.[11] Später wird Ursula Dorn durch das attraktive, weil konkurrenzlose Sportangebot der FDJ angelockt – und nimmt dafür auch die politischen Schulungsabende hin, die mit dazugehören, an ihr aber nach eigenem Bekunden wirkungslos abprallen. Immerhin wird sie so zu einer von Zehntausenden Statistinnen und Statisten, welche die SED-Oberen beim aufwendig inszenierten Propaganda-Spektakel des „Deutschland-Treffens" der FDJ im Mai 1950 in Berlin zusammenkommen lassen.[12]

Die DDR konnte Ursula Dorn keine Perspektive bieten: Nach dem Erlebnis des gewaltsam niedergeschlagenen Volksaufstandes vom 17. Juni 1953, der durchaus auch Thüringen erfasste[13], fällt ihr Entschluss, sich neuerlich als Flüchtling auf den Weg zu machen. Der Weg nach West-Berlin war damals durch die Mauer noch nicht verbaut und relativ einfach zu bewerkstelligen – im Falle des Entdecktwerdens durch die DDR-Behörden aber keineswegs ungefährlich. Dennoch haben sich wie Ursula Dorn vermutlich über 800.000 der Vertriebenen in der DDR bis zum Mauerbau im August 1961 zur Flucht in die Bundesrepublik entschlossen. Damit wa-

---

11 Vgl. Mählert, Ulrich/Stephan, Gerd-Rüdiger: Blaue Hemden – Rote Fahnen. Die Geschichte der Freien Deutschen Jugend, Opladen 1996, S. 13 ff.
12 Vgl. Mählert/Stephan, Blaue Hemden, S. 80 ff.
13 Vgl. Knopp, Guido u. a.: Der Aufstand. 17. Juni 1953, Hamburg 2003, S. 175 ff.

ren die Vertriebenen in der Gesamtzahl der etwa 2,8 Millionen DDR-Flüchtlinge mit einem Anteil von rund einem Drittel deutlich überrepräsentiert.[14] Dies war sicherlich auch eine Reaktion auf die Vertriebenenpolitik der SED-Führung.

Von der Ankunft in West-Berlin an hat Ursula Dorn das übliche Verfahren zur Aufnahme von DDR-Flüchtlingen in der Bundesrepublik durchlaufen. Nachdem sie bis zur Jahreswende 1953/54 auf den erforderlichen Platz im Flugzeug zum Transport von West-Berlin in die Bundesrepublik warten muss, verweist sie der behördliche Ratschluss wiederum in eine vollkommen unbekannte Gegend, nämlich ins niederrheinische Städtchen Kempen. Hier erlebt sie erneut Zwiespältiges, und auch dies dürften viele andere, die Ähnliches erfahren haben, nachvollziehen können: Einerseits sind die mittellosen Flüchtlinge willkommen, da sie als billige und leistungsbereite Arbeitskräfte geschätzt werden. Manche der neuen Nachbarn zeigen auch menschliches Mitgefühl und Hilfsbereitschaft. Andererseits aber gibt es nicht wenige Anfeindungen gegen die „Fremden" aus dem Osten. Das war beileibe keine Eigenart der einheimischen niederrheinischen Bevölkerung, vielmehr brachen in ganz Westdeutschland vielfach Ressentiments gegen Vertriebene und Flüchtlinge auf.[15] Auch von der Bürokratie, die eigentlich mit der Durchführung der in der Bundesrepublik anders als in DDR gesetzlich vorgeschriebenen Hilfsmaßnahmen beauftragt ist[16], kommt nicht immer die mit Fug und Recht erwartete Unterstützung. So bleibt Ursula Dorn wieder nur die Existenz als hart arbeitende, alles andere als großzügig

---

14   Vgl. Amos, Vertriebenenpolitik, S. 15 f.
15   Vgl. Kossert, Kalte Heimat, bes. S. 71 ff.
16   Vgl. Kossert, Kalte Heimat, S. 87 ff.

bezahlte Haushaltshilfe. Auch in der Gesellschaft des Wirtschaftswunderlandes Bundesrepublik Deutschland gab es Beschäftigungsverhältnisse, deren Grenzen zu schamloser Ausbeutung hin fließend waren. Ursula Dorns dürftig entlohnte Schufterei – anders kann man es nicht nennen – in einer Krefelder Metzgerfamilie, in der der Mercedes-PKW bereits als angemessenes Statussymbol gehandhabt wird, stellt sehr handgreiflich vor Augen, wie schwer errungen für sehr, sehr viele Menschen der wirtschaftliche Wiederaufstieg vor allem in den 1950er Jahren noch immer war.

Charakteristisch an den Schilderungen Ursula Dorns ist darüber hinaus, dass soziale Beziehungen der Zugewanderten sich meist zuerst mit denen ergeben, die einen ähnlichen Erfahrungshintergrund haben. Die Solidarisierung und gegenseitige Hilfe mit anderen Flüchtlingen und Vertriebenen war naheliegend. Statistisch betrachtet ist es gewissermaßen folgerichtig, dass Ursula Dorn schließlich ihren Ehemann in jemandem findet, der auch aus der DDR geflohen ist. Die demographischen Daten zeigen deutlich, dass im Jahrzehnt zwischen 1950 und 1960 die „Heiratskreise" von Flüchtlingen und Vertriebenen einerseits und Einheimischen andererseits weithin voneinander getrennt blieben.[17]

Nach all dem Schweren und Mühsamen, über das Ursula Dorn zu berichten hatte – der bedrückende, langwierige Konflikt mit der im Unterschied zu ihrer Tochter offenbar durch das Kriegs- und Vertreibungsschicksal innerlich gelähmten und lebensuntüchtig gewordenen Mutter sei hier nicht weiter behandelt – steht am Ende des Buches für den Leser zu guter Letzt ein Lichtblick. Ursula Dorn findet und erkämpft sich gegen manches

---

17   Vgl. Franzen, Vertriebene, S. 325.

Hindernis die Liebe ihres Lebens. Das Foto der wahr-
haft strahlenden Braut im abschließenden Bildteil des
Bandes vermag wohl kaum jemand zu betrachten,
ohne angerührt zu werden. Unwillkürlich fühlt man sich
an die alte Weisheit erinnert: Amor vincit omnia – die
Liebe besiegt doch alles.

III.

Nein, eine leichte und unterhaltsame Lektüre ist Ursula Dorns zweites Buch wie schon das erste wiederum
nicht. Gleichwohl ist dem Band eine große Leserschaft
zu wünschen – und zwar eine Leserschaft, die sich aus
zwei Hauptgruppen zusammensetzen sollte. Da sind
zum einen diejenigen, die als Angehörige der älteren
Generation einen ähnlichen Erfahrungshintergrund haben wie die Autorin selbst. Viele von diesen Menschen
werden wohl immer wieder nicken bei der Lektüre
und sagen können: „Ja, so war's!" Ursula Dorn gehört
zu denjenigen, die der sogenannten Erlebnisgenera-
tion eine Stimme verliehen haben. Diesbezüglich war
sie nicht die erste und wird hoffentlich nicht die letzte bleiben; bevor diese Generation uns ganz verlassen
haben wird, mögen noch viele ihren ganz persönlichen
Erfahrungsschatz überliefern. Das ist nicht einfach, es
ist mit vielen Beschwernissen ganz unterschiedlicher
Art verbunden. Ich habe im Nachwort zum ersten Teil
nicht von ungefähr von „der Last der Erinnerung" gesprochen. Daher gebührt allen Dank, die sich diesen
Beschwernissen gestellt und sie überwunden haben –

so wie Ursula Dorn. Und ihr Beispiel sollte auf andere ermutigend wirken.

Wichtiger noch ist das Buch zum anderen für die Generationen der Nachgeborenen. Es kann nämlich dazu beitragen, dass bei den jüngeren Menschen in Deutschland, denen Krieg, Vertreibung und Elend gottlob bisher erspart geblieben sind, die vermeintliche Selbstverständlichkeit erschüttert wird, mit der Frieden und Wohlstand mehr oder weniger unbewusst als einfach gegeben hingenommen werden. Sie sind es nämlich nicht, sie wollen vielmehr aktiv bewahrt und verteidigt werden. Dazu müssen sie aber erst als unschätzbar wertvolle Güter wahrgenommen werden.

Die Lektüre von Ursula Dorns neuem Buch kann auf junge Leute verstörend wirken – sie aufschrecken aus der scheinbaren Sicherheit. Und das kann bewusstseinsbildend wirken. Insofern handelt es sich um ein pädagogisches Buch im besten Sinne.

Winfrid Halder

PD Dr. Winfrid Halder wurde 1962 in Dinslaken (Nordrhein-Westfalen) geboren und wuchs in Oberbayern auf. Von 1984–92 studierte er Geschichte und Politikwissenschaft in München und Freiburg im Breisgau. Nach dem Magister Artium (1989) und der Promotion (1992) war er von 1993–2003 wissenschaftlicher Assistent bzw. Oberassistent am Lehrstuhl für Wirtschafts- und Sozialgeschichte der TU Dresden. 1999 habilitierte er sich, 2003–07 hatte er eine Professur-Vertretung inne bzw. war er Lehrbeauftragter an der TU Dresden. Seit 2006 ist Winfrid Halder Direktor der Stiftung Gerhart-Hauptmann-Haus in Düsseldorf und seit 2008 Privatdozent an der Heinrich-Heine-Universität Düsseldorf.

Kontakt: Stiftung Gerhart-Hauptmann-Haus
Deutsch-osteuropäisches Forum
Bismarckstraße 90 • 40210 Düsseldorf • Deutschland
Tel. +49 (0)211 / 16 991-12 od. -14
Fax +49 (0)211 / 353 118
E-Mail: halder@g-h-h.de
Website: www.g-h-h.de

Stiftung
Gerhart-Hauptmann-Haus
Deutsch-Osteuropäisches Forum

Im Herzen Düsseldorfs, direkt in der Nähe des Hauptbahnhofs liegt die Stiftung GERHART-HAUPTMANN-HAUS - DEUTSCH-OSTEUROPÄISCHES FORUM. Die Stiftung bietet der Öffentlichkeit ein vielfältiges kulturelles Veranstaltungsprogramm und dient als Tagungs- und Begegnungsstätte mit internationalen Gästen. Die Bibliothek der Stiftung steht allen interessierten Nutzern zur Verfügung. Der Schwerpunkt der rund 80.000 Medien umfassenden Sammlung liegt auf Publikationen zu Kultur und Geschichte der ehemaligen deutschen Ost- bzw. Siedlungsgebiete wie auch zu Gegenwartsfragen in Ostmittel- und Osteuropa.

Adresse	Bismarckstr. 90 • 40210 Düsseldorf	
Kontakt	Telefon	0211 / 16 99 10
	Fax	0211 / 35 31 18
	Email	info@g-h-h.de
	Internet	www.g-h-h.de

Eine Stiftung
des Landes
Nordrhein-Westfalen

Ursula Dorn

Ich war ein Wolfskind aus Königsberg

edition riedenburg 2008
ISBN 978-3-902647-09-2
172 Seiten, 6 Farbtafeln
Paperback

Im Buchhandel in Deutschland,
Österreich und der Schweiz

Wir wussten ja überhaupt nichts von der übrigen Welt oder was außerhalb von Litauen los war, oder ob es überhaupt noch was anderes als Litauen gab. Jahreszahlen, Monate, Tage oder ein Zeitgefühl gab es für uns nicht. Wir waren halt keine Menschen mehr, nur noch Wolfskinder, die sich im Kreis drehten oder umherliefen. Manchmal sagte ich zu meiner Mutter: „Mutti, was soll bloß aus uns werden? Ich kann nicht lesen, nicht schreiben, nicht rechnen und nicht mehr richtig Deutsch sprechen." – „Ich weiß es auch nicht, wie das mal enden soll. Wären wir doch bloß alle krepiert, dann brauchten wir das nicht mehr miterleben." Weinend gingen wir oftmals durch die Gegend und waren am Ende, aber wir rafften uns immer wieder auf.

Leseprobe und komplettes Inhaltsverzeichnis:

editionriedenburg.at

www.ingramcontent.com/pod-product-compliance
Lightning Source LLC
Chambersburg PA
CBHW031120020726
47495CB00007B/2281